Учитель

契诃夫小说选集

教师集

〔俄〕契诃夫 著

汝龙 译

人民文学出版社

图书在版编目（CIP）数据

契诃夫小说选集. 教师集／（俄罗斯）契诃夫著；汝龙译. —北京：人民文学出版社，2021
ISBN 978-7-02-012926-3

Ⅰ.①契… Ⅱ.①契…②汝… Ⅲ.①短篇小说—小说集—俄罗斯—近代 Ⅳ.①I512.44

中国版本图书馆CIP数据核字(2017)第134333号

策划编辑	张福生
责任编辑	李丹丹
装帧设计	刘　静
责任印制	王重艺

出版发行　人民文学出版社
社　　址　北京市朝内大街166号
邮政编码　100705
网　　址　http://www.rw-cn.com

印　　刷　三河市博文印刷有限公司
经　　销　全国新华书店等

字　　数　66千字
开　　本　787毫米×1092毫米　1/32
印　　张　7.5
印　　数　1—3000
版　　次　2021年4月北京第1版
印　　次　2021年4月第1次印刷

书　　号　978-7-02-012926-3
定　　价　30.00元

如有印装质量问题，请与本社图书销售中心调换。电话:010-65233595

目　次

教师 …………………………… 1

在大车上 ……………………… 16

没意思的故事 ………………… 34

马姓 …………………………… 157

一件糟糕的事 ………………… 168

有将军做客的婚礼 …………… 190

变本加厉 ……………………… 204

在圣诞节前夜 ………………… 218

教 师

费多尔·卢基奇·绥索耶夫是由"库里金兄弟纺织工厂"出资创办的工厂学校的教师,这时候正准备去参加一个隆重的宴会。每年,考试结束以后,工厂经理处总要举办一次宴会,应邀赴宴的有国民学校督学官,有主持考试的全体人员,有工厂管理人员。宴会虽然是例行性质的,然而时间素来拖得很长,大家兴致勃勃,吃得蛮有滋味。教师们忘记各自的官品①,只记得

---

① 俄国教员是叙官品的。

各自正直的劳动,和和气气,吃得酒足饭饱,谈话谈到喉咙发哑,夜深才走散,歌声和接吻声惊动整个工厂区。这样的宴会,按绥索耶夫在工厂学校里工作的年数来计算,他已经参加过十三次了。

现在他正准备去参加第十四次宴会,极力想使自己的外貌显得喜气洋洋,十分体面。他把他那套新的黑衣服足足刷了一个钟头,临到他穿上时髦的衬衫,又在镜子前面几乎站了同样长的时间。衬衫的袖扣洞太小,扣子不大容易钻进去,这件事引起了一场十足的风暴,惹得他对妻子不住地抱怨、威吓、责难。他那可怜的妻子在他身旁跑来跑去,累得筋疲力尽。再者,他自己最后也累坏了。等到仆人从厨房里给他送来擦亮的半高腰皮靴,他已经没有力气套在脚上了。他不得不躺一会儿,喝点水。

"你多么衰弱啊!"妻子叹道,"你根本不应该去参加这个宴会。"

"请你不必出主意!"教师生气地打断她的话说。

他的心绪极其恶劣,因为他对最近这次考试很不满意。其实这次考试的结果挺出色,高级班所有的男孩都获得了证书和奖品。工厂的经理部门和政府的官吏对这种成绩感到满意,然而教师却嫌不够。使他心里烦恼的是,学生巴勃金平素从不出错,这次考试却在听写中写错了三个字,学生谢尔盖耶夫紧张得没能把十七乘十三算对,督学官这个年轻而缺乏经验的人为听写选了一篇难文章,而且他请来邻近的学校教师里亚普诺夫主持听写,那个教师"不讲同行的义气",念听写材料的时候不把字念清楚,却好像拿这些字放在嘴里咀嚼似的。

教师由妻子帮忙穿上半高腰皮靴,再对着镜子照一阵,就拿起一根节疤很多的手杖,动身赴宴去了。这个盛典在工厂经理的住宅里举行,教师走到住宅门口,却发生了一件不愉快的小事。他忽然大咳起来。……他咳得浑身颤动,帽子从头上掉下来,手杖从手里摔下地。教师们和国民学校督学官听见他的咳嗽声,就从住宅里跑出来,他却已经坐在底下一层台阶上,一身大汗了。

"费多尔·卢基奇,是您吗?"督学官惊讶地说,"您……来了?"

"怎么?"

"您,亲爱的,应该待在家里才对。今天您身体很不好啊。……"

"今天我跟昨天一样好。不过要是您不愿意我来,那我可以走。"

"咦,这话是从何说起,费多尔·卢基奇?何必说这种话呢?欢迎欢迎!认真说来,这个盛典的主客不是我们,是您啊。求上帝怜恤吧,您来了,我们简直愉快得很呢。……"

工厂经理的住宅里已经为这个盛典准备停当。大饭厅里挂着德国的彩色画片,弥漫着天竺葵和油漆的气味,当中放着两张桌子,一张大的是饭桌,一张小的是放冷荤菜的。窗口那边,中午炎热的阳光从放下的窗帘里隐隐透进来。……房间里的半明半暗、窗帘上的瑞士风景画、天竺葵、碟子里切得很薄的腊肠,都显得那么纯朴,现出姑娘家多愁善感的神气。这一切倒跟房主人本身相称,他是个软心肠的日耳曼人,身材矮小,腆起小小的圆肚子,睁着油亮而亲热的小眼睛。阿道尔夫·安德烈伊奇·勃鲁尼(这就是主人的姓名)在冷荤菜桌旁忙忙乱乱,仿佛那儿起了火似的。他不住斟酒,往盆子里添菜,千方百计讨好客人,逗他们发笑,表示他的友好心情。他拍他们的肩膀,瞧他们的眼睛,嘻嘻地笑,搓手,一句话,像善良的狗那么亲热。

"费多尔·卢基奇,我瞧见的是谁呀?"他见到绥索耶夫,就用发颤的声调讲起来,"我们多么愉快!您尽管有病,却还是来了!……诸位先生啊,请容许我让你们高兴一下:费多尔·卢基奇光临了!"

教师们已经围住那张冷荤菜小桌,吃起来。绥索耶夫皱起眉头,他看见同事们没有等他来就开始吃菜喝酒,心里不痛快。他认出其中有里亚普诺夫,也就是

考试的时候主持听写的人。他走到里亚普诺夫跟前,开口说:

"您不讲同行的义气!对了!正派人不这样考听写!"

"主啊,您还在说这件事!"里亚普诺夫说,皱起眉头,"难道您就不嫌腻烦?"

"对,我还要说!我的巴勃金从没出过错!我知道您为什么像那样考听写。您无非是希望我的学生遭殃,好显出您的学校比我的高明。我全明白!……"

"您为什么跟我过不去?"里亚普诺夫顶嘴说,"您干吗缠住我不放?"

"算了,两位先生,"督学官解劝说,做出要哭的脸相,"得了,为一点小事犯不上闹起来。三个错啦……一个错也没有啦……那不都是一样吗?"

"不,不一样。我的巴勃金从不出错!"

"他缠住人不放!"里亚普诺夫继续说,气愤地哼鼻子,"他仗恃他是个病人,不住骂人。哼,老兄,再这样下去,我不会顾您有病没病了!"

"我的病不要您管!"绥索耶夫生气地嚷道,"这关您什么事?您老是病啊病的唠叨没完。……我才不稀罕您的同情!再者您凭哪点说我有病?考试以前我害过病,这是确实的,可是现在我已经完全复原,只是有点衰弱罢了。"

"您复原了,那就应该感谢上帝,"神学教师尼古拉神甫说,这个青年教士穿着讲究的深棕色法衣和长裤,散着裤腿,"您应当高兴才是,可是反而一肚子气,这样那样的。"

"您也妙得很,"绥索耶夫打断他的话说,"考题应当直截了当,意思清楚,可是您老是叫学生猜谜。这样可不行!"

大家同心协力,好歹劝得他平了气,让他在桌旁坐下。他挑选很久,不知该喝哪种酒好,后来露出一脸的哭丧相,喝下半杯某种绿色露酒。随后他要来一小块馅饼,细心地把馅里的鸡蛋和葱剔掉。他吃下头一口,觉得馅饼太淡。他撒上点盐,可是立刻把馅饼生气地推开,因为又太咸了。

在宴席上,绥索耶夫被安置在督学官和勃鲁尼中间。按照久已养成的风气,他们吃过头一道菜后,就开始祝酒。

"我认为,"督学官开口说,"我有愉快的责任感谢不在座的学校董事丹尼尔·彼得罗维奇和……和……和……"

"和伊凡·彼得罗维奇……"勃鲁尼从旁提了一句。

"和伊凡·彼得罗维奇·库里金,他们不惜资金,开办学校,我提议为他们的健康干杯。……"

"从我这方面来说,"勃鲁尼好像被蛇咬了一口似的跳起来,说道,"我提议为尊敬的国民学校督学官巴威尔·根纳季耶维奇·纳达罗夫的健康干杯。"

椅子纷纷移动,一张张脸露出笑容,例行的碰杯开始了。第三个祝酒的素来是绥索耶夫。这一次他也站起来,开口讲话。他拉长脸子,嗽一嗽喉咙,首先声明他没有演讲的口才,也没准备讲话。随后他说,他任职十四年以来,遭到过很多的阴谋、暗算,甚至告密,又说他知道他的仇人和告密者是谁,可是不愿意点出他们的姓名,"生怕破坏某人的胃口",不过尽管有那些阴谋,库里金的学校却"不仅在精神方面,甚至在物质方面"也在全省占第一位。

"别处的教师,"他说,"都挣二百和三百,可是我挣五百卢布,此外我的住宅由工厂出钱装修,置备家具。今年所有的墙都糊了新的壁纸。……"

接着教师大肆宣扬本校的学生同地方自治局和政府的学校学生相比,所得到的文具要多得多。而且依他看来,在这方面,学校应当感激的并不是工厂主,他们住在国外,甚至未必知道这个学校的存在,却应当感激另一个人,这个人尽管是日耳曼血统,信奉路德派新教,却具有俄国人的灵魂。绥索耶夫讲了很久,不时停下来喘气,而且他又喜欢渲染,结果他的发言冗长,听着很不舒服。他好几次提到他的某些仇人,极力含沙射影,说了又说,常常咳嗽,难看地活动他的手指。最后他累了,出汗了,声音放低,断断续续,仿佛在自言自语。他前言不搭后语地结束了他的演讲:

"这样,我提议为勃鲁尼,也就是为阿道尔夫·安德烈伊奇干杯,他就在这儿,在我们中间……一般说来……大家都是明白的。"

他讲完话,大家都轻松地吐口气,就像有人在空中洒了点凉水,解除了暑热似的。看来,只有勃鲁尼一个人没有不愉快的感觉。这个日耳曼人喜笑颜开,转动着多愁善感的眼睛,热情地握绥索耶夫的手,又像狗那么亲热起来。

"啊,我向您道谢!"他说,着重念"啊"字,把左手按在心上。"您了解我,我很幸福!我用整个心祝愿您事事如意!不过我得向您指出,您夸大了我的意义。这个学校的蓬勃发展要完全归功于您,我可敬的朋友,费多尔·卢基奇!缺了您,它就不会跟别的学校有什么不同！您以为这个日耳曼人在说恭维话,这个日耳曼人在说客气话。哈哈！不对,我的好朋友,费多尔·卢基奇,我是个老实人,从来也不说恭维话。如果我们一年付给您五百卢布,那就是说您对我们来说是宝贵的。难道不是这样吗？诸位先生,我说的不是实话吗？换了旁人,我们就不会出这么多的钱。……求上帝怜恤,办好一个学校,对工厂来说是光荣呀！"

"我得诚恳地承认,您的学校的确与众不同,"督学官说,"您不要以为这是奉承。至少我有生以来像这样的学校还没看见过第二所。考试期间我在您的学校里坐着,时时刻刻感到惊奇。……奇怪的是竟有这样的孩子！他们知道得很多,对答如流,同时他们没有吓得战战兢兢,却表现出一种特别的诚恳神态。……看得出来他们都热爱您,费多尔·卢基奇。您是位地地道道的教师,您天生就是一位教师。您样样条件都具备:有与生俱来的素质,有多年的经验,有对事业的热爱。……说来简直叫人奇怪,您虽然体质弱,可是有那么多的精力,对工作理解得那么深……而且,您知道,您有那样大的毅力,信心!在学校会议上有人说您是您这项事业中的诗人,这话说得对。……的的确确是诗人!"

所有在座的人像一个人似的,异口同声讲起绥索耶夫的非凡才能。犹如堤坝决了口,诚恳热情的话语滔滔不绝,像那样的话,人在不喝酒的时候,由于谨小慎微,是不会说出口的。绥索耶夫的演讲也罢,他那难于相处的性格也罢,他脸上那凶恶难看的表情也罢,统统被人忘却了。所有的人,就连那些沉默胆怯、新近任职的教师,那些贫苦受气、见着督学官总得尊称"大人"的青年人,也畅谈起来了。事情很清楚,绥索耶夫在他那一行中是个卓越的人物。

他在任职的十四年当中已经习惯了成就和赞美,这时候听着那些崇拜者的热情洋溢的讲话,毫不动心了。

听到赞美而陶醉的并不是他,却是勃鲁尼。这个日耳曼人把每个字都听进去,眉开眼笑,拍着手心,羞涩得脸色绯红,仿佛那些赞美不是针对教师,却是针对他似的。

"说得好!说得好!"他叫道,"一点不差!您猜中我的想法了!……太好了!……"

他不时瞧着教师的眼睛,仿佛想跟他分享自己的快乐似的。最后他忍不住,跳起来,用他尖细的男高音压过所有的说话声,大声嚷道:

"诸位先生!请允许我说几句!嘘!听了你们说过的那许多话,我只有一句话要讲:工厂的经理部门是不会忘记报答费多尔·卢基奇的!……"

大家都安静下来。绥索耶夫抬起眼睛瞧着日耳曼人泛起红晕的脸。

"我们是善于器重人的,"勃鲁尼放低了喉咙,继续说,做出严肃的脸相,"听了你们讲的话,我必须告诉你们:……费多尔·卢基奇的家属的生活会得到保障,一个月前已经为此在银行里存下一笔钱了。"

绥索耶夫用疑问的眼光瞧了瞧日耳曼人,瞧了瞧同行们,似乎弄不明白:为什么得到生活保障的是家属而不是他本人?这当儿他在所有人的脸上,所有呆望着他的目光中看到的,不是他所不能忍受的同情和怜悯,而是另外一种东西,一种柔和的、温柔的,同时却又极其不祥的东西,类似可怕的真理。一刹那间这使得他周身发凉,心里充满说不出的绝望。他面色苍白,脸相也变了,忽然跳起来,抱住头。他照这样站了十几秒钟,带着恐惧呆呆地瞧着前面,仿佛看见勃鲁尼所说的死亡正在向他逼近似的。随后他坐下,哭起来。

"算了!……您怎么了?……"他听见许多不安的声音说,"水!您喝点水吧!"

过了不久,教师镇静下来,可是先前那种活泼的情绪再也没有回到吃饭的人们身上来。宴会在阴郁的沉默中结束了,而且比往年早得多。

绥索耶夫回到家里,首先照一照镜子。

"当然,我不该在那儿大哭起来!"他瞧着带黑眼圈的眼睛,瞧着凹陷的脸颊,暗想,"今天我的脸色就比昨天好得多。我害的是贫血和胃炎,我咳嗽是胃里的毛病。"

他想到这里放了心,慢腾腾地脱掉衣服,用刷子把他的黑色衣服刷了很久,然后仔细地叠好,锁在五斗橱里。

后来他走到桌子跟前,桌上放着一叠学生的练习簿。他从中抽出巴勃金的练习簿,坐下来,专心欣赏那孩子气的清秀笔迹。……

当他检查学生们的听写试卷的时候,地方自治局的医生,正坐在隔壁房间里,小声对教师的妻子说:不应该让他去参加宴会,因为,看样子,这个人活不到一个星期了。

在 大 车 上

早晨八点半钟他们坐车出了城。

大路是干的,四月间灿烂的太阳照得人浑身发热,然而山沟里和树林里还有残雪。严寒的、阴暗的、漫长的冬季还没有走得那么远,春天却突然来了,然而对于目前坐在大车上的玛丽雅·瓦西列芙娜来说,温暖的天气也罢,让春天的气息烘暖的、懒洋洋的、透光的树林也罢,野外类似湖泊的大水塘上空那些黑压压成群飞翔的鸟儿也罢,美妙的、深不可测的、使人很乐于飞上去的天空也罢,都没有什么新鲜有趣的地方。她做教师已经有十三年了,在这些年里,她坐车到城里去取过多少次薪金,那是数也数不清了,不管是像现在这样的春天,还是下雨的秋日傍晚,还是冬天,对她来说都是一样,她总是一成不变地巴望着一件事:赶快走到目的地。

她有这样一种感觉,仿佛她在这一带地方已经生活过很久很久,将近一百年了。她觉得从城里到她的学校,一路上每块石头,每棵树,她都认得。这儿有她的过去,有她的现在,至于她的未来,那么除了学校、进城往返的道路,然后又是学校,又是道路以外,她就想不出什么别的前景来了。……

关于她做教师以前的往事,她已经不再去回忆,而且也差不多忘光了。从前她有过父亲和母亲;他们住在莫斯科红门附近一个大宅子里,可是那一段生活在她的记忆里只留下一点模糊而朦胧的东西,像梦境一样。她十岁那年,她的父亲去世,过了不久,她的母亲也死了。……她有个做军官的哥哥,起初还通信,后来她哥哥不再回信,就此断了音信。旧日的东西保存下来的只有一张她母亲的照片,然而那张照片放在学校里受了潮,现在除去头发和眉毛以外什么也看不见了。

等到车子走了三俄里光景,赶车的老人谢敏回过头来说:

"城里捉住一个当官的。他给押走了。听人说,他在莫斯科跟一些德国人把市长阿历克塞耶夫打伤了。"

"这是谁告诉你的?"

"这是在伊凡·约诺夫的饭铺里,人家在报纸上看到的。"

他们又沉默了很久。玛丽雅·瓦西列芙娜想着她的学校,想到不久就要举行考试,她得送四个男生和一个女生应考。她正想着考试,地主哈诺夫坐着一辆四套马车从后面追上来了,去年,他曾在她的学校里当过主考官。他的马车走到跟她并排的时候,他认出她来,就点一下头。

"您好!"他说,"您这是回家去吧?"

这个哈诺夫是个四十岁上下的男子,脸色憔悴,神情萎靡,已经开始明显地变老,不过相貌仍旧漂亮,招女人喜欢。他一个人住在他那个大庄园里,从不出来工作。人家说他在家里什么事也不做,光是在屋里从这头走到那头,嘴里吹着口哨,或者跟他的老听差下棋。人家还说他爱喝酒。确实,去年考试的时候,就连他带来的纸张也有香水和酒的气味。当时他穿一身新衣服,玛丽雅·瓦西列芙娜很喜欢他。她跟他并排坐着的时候,老是觉得发窘。她看惯了冷漠而老练的主考官,这一个却连一句祷告词都记不得,不知道该问什么好,非常客气,殷勤,总是给学生打五分。

"我是到巴克维斯特那儿去,"他接着对玛丽雅·瓦西列芙娜说,"不过据说他不在家。"

他们离开大道,转到一条乡间土路上,哈诺夫走在前面,谢敏跟在后面。四匹马沿着土路一步一步向前走去,费力地拖着陷在烂泥里的沉重马车。谢敏赶着车子在那条土路上曲曲折折地往前走,时而走过土丘,时而走过草地,常从大车上跳下来,帮着马拉车。玛丽雅·瓦西列芙娜一直想着学校,想着这次考试的题目,不知道是难还是容易。她想到地方自治局就不痛快,昨天她在那儿一个人也没有找到。多么不成体统!两年以来她一直要求解雇学校里的看守人,此人什么活也不干,对她态度粗暴,打她的学生,可是谁也不理她。在执行处要找到主席是困难的,即使找到,他也总是眼睛里含着泪水,说他抽不出工夫来。学监每三年到她的学校里来一次,对他的本行一点也不懂,因为早先他在税务局工作,托了人情才谋到学监的职位。校务会议很少召开,而且在什么地方召开也不得而知。督学是个识字不多的乡下人,他是制革作坊的老板,头脑不聪明,态度粗鲁,同那个看守人十分要好。上帝才知道她该去找谁诉说,要主意。……

"他确实漂亮。"她看哈诺夫一眼,暗想。

道路越来越糟。……他们的车子驶进一个树林。

这儿的道路很窄,马车转不过身来,车辙很深,灌满了水,咕唧咕唧地响。带刺的树枝打人的脸。

"这叫什么路啊?"哈诺夫问,笑起来。

女教师看着他,不明白这个怪人为什么住在此地。在这个荒僻的地方,在这种满是泥泞、寂寞无聊的环境里,他的钱财、他的招人喜欢的外貌、他的文雅的风度对他能有什么用处呢?他在生活里没有得到任何好处,就拿眼前来说,他跟谢敏一样,在这极端恶劣的小道上慢腾腾地赶路,忍受同样的不方便。既然他能住在彼得堡,住在国外,那么何必住在这儿呢?看样子,要他这个阔人把这条坏路修成一条好路,免得受苦,免得看见他的车夫和谢敏的脸上露出绝望的神情,那是不算一回事的;然而他光是笑笑,显然,对他来说,什么都无所谓,他并不需要更好的生活。他善良、温和、天真,不了解这种粗鄙的生活,不熟悉它,就像在考试的时候不熟悉祷告辞一样。他仅仅捐给学校一些地球仪,就真诚地以为自己在民众教育方面是个有益的人和杰出的活动家。在这种地方谁需要他的地球仪啊!

"坐稳了,瓦西列芙娜!"谢敏说。

大车猛地一歪,差点翻了。一个沉甸甸的东西滚到玛丽雅·瓦西列芙娜的脚边来,这是她买来的东西。前面是一道爬上山去的黏土高坡,在弯曲的山沟里水声哗哗地响,水好像吞吃了这条路,在这种地方怎么能走车呢!马不住地打响鼻儿。哈诺夫走下车来,穿着他那件长大衣在路边走动。他觉得热了。

"什么样的路啊?"他又说,笑了,"照这样子不用很久就会把马车弄坏。"

"谁叫您在这样的天气坐车出来!"谢敏严厉地说,"应该在家里待着才是。"

"在家里,老大爷,闷得慌。我不喜欢待在家里。"

挨着老谢敏,他显得身材匀称,精神挺好,可是他的步态有一种刚刚露头的迹象,表现出他已经像个中了毒的、衰弱的、接近灭亡的人了。树林里仿佛忽然弥漫着酒的气味。玛丽雅·瓦西列芙娜害怕起来,开始怜惜这个不知因为什么缘故正在走向灭亡的人。她蓦地产生一个念头:如果她是他的妻子或者他的妹妹,那么她似乎就会献出她的全部生命,一定要把他从灭亡里拯救出来。做他的妻子?生活却安排成这个样子,一方面让他独自一人住在大庄园里,另一方面让她独自一人住在偏僻的村子里,可是不知什么缘故,就连他和她互相亲近、彼此平等的想法都显得不可能,显得荒唐。实际上,全部生活的安排和人类关系的形成,已经到了不可理解的地步,只要你细细一想,就会感到可怕,心直往下沉。

"这真叫人不理解,"她想,"为什么上帝把漂亮的外貌、和蔼可亲的风度、忧郁而可爱的眼睛赐给软弱的、不幸的、无益的人呢?为什么它们那么招人喜欢呢?"

"我们要在这儿往右拐弯了,"哈诺夫坐上马车,说,"再见!一路顺风!"

于是她又想起她的学生,想起考试,想起看守人,想起校务会议。等到风从右边带来越走越远的马车的响声,她这些思想就同另一些思想掺和在一起了。她打算想一想那双美丽的眼睛,想一想爱情,想一想永远也不会有的幸福。……

做他的妻子?早晨天冷,却没有人给她生炉子,看守人不知到哪儿去了;学生们天一亮就来了,带来许多雪和泥,吵吵嚷嚷;一切都那么不方便,不舒适。她的住处只有一个小房间,厨房也在这儿。每天下课以后她总是头痛,吃过饭以后,感到心窝底下烧得慌。她得向学生们收齐木柴费和看守人的工钱,交给督学,然后恳求他,那个肥头大耳、蛮不讲理的乡下人,看在上帝分上送木柴来。夜里她总是梦见考试、农民、雪堆。由于过着这样的生活,她就变得苍老,粗俗了,变得不美丽,不灵活,笨手笨脚,仿佛她身子里灌了铅似的。她见了什么人都怕,当着执行处委员的面,或者当着督学的面,她总是站着,不敢坐下,她谈到他们当中任何一个人的时候,总是小心翼翼地用敬称。她引不起别人的喜爱,生活乏味地过下去,缺乏爱抚,缺乏友好的关切,缺乏有趣的熟人。处在她这种地位,假如她真是爱上一个什么人,那会是多么可怕的事啊!

"坐稳了,瓦西列芙娜!"

又是一道上山的陡坡。……

她是由于贫困才做教师的,并没感到这个工作是她的使命。她从来也没有想到过使命,想到过教育的益处,她老是觉得在她的工作中最重要的不是学生,也不是教育,而是考试。再者她哪儿有工夫想到使命,想到教育的益处呢?教师们、不富裕的医生们、医士们的工作都很繁重,他们甚至不去想自己在为理想服务,为民众服务,从而得到安慰,因为他们的头脑里经常装满了关于食粮、木柴、坏道路、疾病的念头。这种生活是艰苦而没有趣味的,只有像玛丽雅·瓦西列芙娜这种不声不响地听命负重的人才会长久地熬下去;而那些活跃的、神经质的、敏感的、常谈到自己的使命,谈到为理想服务的人却会很快厌倦,丢掉这种工作。

谢敏尽量挑选干一点、近一点的路走,时而穿过一个草场,时而从人家的后院走;可是走到这个地方,一看,农民不让过路,走到那个地方又是教士的地,没有通道,再走到一个地方又是伊凡·约诺夫从地主老爷手里买下的一块地,周围掘了一道沟。他们屡次拨转马头往回走。

他们来到下戈罗季谢。小饭铺附近停着几辆大车,车上装着大瓶的浓硫酸,地上满是畜粪,粪下面还有雪。饭铺里有许多人,都是车夫,这儿弥漫着白酒、烟草、熟羊皮①的气味。人们大声谈话,安着滑轮的房门砰砰地响。隔壁是一家杂货铺,有人在拉手风琴,一分钟也不停。玛丽雅·瓦西列芙娜坐下来喝茶。邻近的一张桌子边,有些农民在喝白酒和啤酒,他们浑身冒汗,那是由于刚喝过热茶,加上饭铺里闷热的缘故。

"你听着,库兹玛!"响起嘈杂的说话声,"那算得

---

① 指他们身上所穿的羊皮袄。

了什么！求上帝保佑！伊凡·杰敏狄奇，我能给你这么一下子！亲家，小心！"

有一个身材矮小的农民，留一把黑胡子，麻脸，早就喝醉了，忽然因为一件什么事大惊小怪，难听地骂起来。

"你在那儿骂什么呀？你！"谢敏坐在远处，生气地搭腔说，"难道你没看见这儿有一位小姐！"

"小姐……"有人在另一个墙角挖苦地跟着说。

"坏蛋！"

"我没什么……"矮小的农民发窘地说，"对不起。我花我的钱，小姐花小姐的钱。……您好！"

"你好！"女教师回答说。

"我满心感激您。"

玛丽雅·瓦西列芙娜愉快地喝着茶，自己也像农民那样热得脸红起来，她又想起木柴，想起看守人。……

"亲家，等一等！"从旁边桌子上传来说话声，"她是符亚左维耶村的女教师……我们认得!她是个挺好的小姐。"

"正派人!"

安着滑轮的房门老是砰砰地响,有些人走进来,有些人走出去。玛丽雅·瓦西列芙娜坐在那儿,总是想那老一套,隔壁的手风琴也拉个不停。斑斑点点的阳光照在地板上,随后移到柜台上,墙上,最后完全不见了;可见太阳西斜,已是午后时分。旁边桌子上的农民们准备上路了。那个矮小的农民脚步有些歪斜,走到玛丽雅·瓦西列芙娜跟前,向她伸出一只手,别人学他的样,也伸出手来告别,陆续走出去,安着滑轮的门就吱吱地叫,砰砰地响了九回。

"瓦西列芙娜,动身吧!"谢敏招呼道。

他们上路了。马又慢腾腾地朝前走。

"不久以前这儿,在他们这个下戈罗季谢,造了一所学校,"谢敏回过头来说,"好大的罪过啊!"

"怎么呢?"

"听说执行处主席往腰包里揣了一千,督学也揣了一千,老师揣了五百。"

"那个学校一共才值一千。造人家的谣言是不好的,老大爷。这都是胡说。"

"我不知道。……人家怎么说,我也就跟着说说罢了。"

然而事情很清楚,谢敏不相信女教师的话。农民们不相信她。他们总是认为她的薪金太多,一个月有二十一个卢布(有五个也就够了),认为她从学生们那儿收来的木柴费和看守人的工钱,大部分都被她吞没了。那位督学的想法也跟所有的农民一样,而他自己却在木柴上捞好处,而且瞒着上司凭他的身份向农民们要薪金。

谢天谢地,这片树林总算走完了,从这儿起到符亚左维耶村都是平地。前面的路已经不多:过了那条河,再穿过铁道,就到符亚左维耶村了。

"你往哪儿赶车啊?"玛丽雅·瓦西列芙娜问谢

敏,"顺右边那条路过桥才对。"

"为什么?这边也好走嘛。河又不很深。"

"当心,别把我们的马淹死才好。"

"怎么会呢?"

"瞧,哈诺夫也坐着车过桥了,"玛丽雅·瓦西列芙娜看见右边远处有一辆四套马车,就说,"大概是他的车子吧?"

"是他。多半没碰上巴克维斯特。真是蠢货啊,求上帝保佑,他们顺那条路走,何必呢?从这儿走足足可以近三俄里呢。"

他们的车子往河边驶去。夏天,这条河水浅,很容易涉水走过去,将近八月照例就干涸了,然而现在,在春汛之后,这条河大约有六俄丈宽,水流湍急,混浊,冰凉;从岸坡到水边有几条新的车辙,可见已经有人从这儿赶车过河了。

"往前走!"谢敏怒气冲冲而又提心吊胆地吆喝道,用力拉住缰绳,扬起胳膊肘,仿佛鸟儿扇动翅膀似的,"走啊!"

那匹马走进河里,水没到它的肚子上,它站住了,可是立刻又使足力气往前走,玛丽雅·瓦西列芙娜的两只脚感到刺骨的寒冷。

"往前走!"她略微欠起身来,也喊道,"走啊!"

他们上岸了。

"这是怎么搞的,主啊,"谢敏一边整理马具,一边嘟嘟哝哝地说,"地方自治局简直该死。……"

她的套靴和皮鞋里都灌满了水,连衣裙和皮袄的下摆以及一只袖子都是湿的,滴着水。糖和面粉也浸了水,这是最叫人难受的了,玛丽雅·瓦西列芙娜只能绝望地举起双手,击着掌说:

"哎,谢敏啊,谢敏!……你这个人啊,真是的!……"

在铁道的道口上,拦路杆放下来了:有一列特别快车正从火车站开来。玛丽雅·瓦西列芙娜在道口那儿站住,等那列火车开过去,冷得周身发抖。符亚左维耶村已经看得清了,——那绿屋顶的学校,那十字架映着夕阳、闪闪发光的教堂,火车站上的窗子也亮着,火车头里冒出粉红色的烟子。……她觉得好像样样东西都在冷得发抖。

后来,列车来了,车窗射出明亮的光芒,像教堂上的十字架一样,刺得人眼睛痛。在一节头等客车的车厢台上站着一个女人,玛丽雅·瓦西列芙娜仓促中看了她一眼:这是母亲嘛!长得多么像啊!她的母亲也有那么浓密的头发,也生着那样的额头,也那么低着头。于是十三年来她头一次栩栩如生、历历在目地想起她的母亲、父亲、哥哥、莫斯科的住宅、养着小鱼的玻璃鱼缸,总之连细枝末节都想起来了。她忽然听见弹钢琴的声音、她父亲的说话声,感觉自己像那时候一样年轻、美丽,打扮得漂漂亮亮,待在明亮、暖和的房间里,四周都是亲人;欢欣和幸福的感觉忽然涌上她的心头,她兴奋得用手心按住太阳穴,温柔而恳求地叫道:

"妈妈!"

她哭了起来,自己也不知道为什么。正在这当口,哈诺夫坐着那辆四套马车来了,她看见他,就想象那种从来也没有过的幸福,微笑着对他点了点头,像对一个跟她平等、亲近的人那样,她觉得她的幸福,她的喜悦,在天空,在四处的窗子里,在树上放光。是啊,她父亲和母亲压根儿就没有死,她也压根儿没有做教师,那无非是一个漫长、沉闷、古怪的梦,如今她醒过来了。……

"瓦西列芙娜,上车吧!"

忽然一切都消失了。拦路杆慢慢地升上去。玛丽雅·瓦西列芙娜瑟瑟地抖,冷得周身发僵,坐上那辆大车。那辆四套马车穿过铁道,谢敏跟上去。道口上的看守人脱掉帽子。

"瞧,前面就是符亚左维耶村。我们到了。"

没意思的故事

摘自一个老人的札记

一

在俄罗斯,有一位德高望重的教授尼古拉·斯捷潘诺维奇,是枢密顾问官,勋章获得者。他有那么许多俄罗斯的和外国的勋章,每逢他必须把它们一齐戴在胸前,大学生就管他叫做"圣壁"。他所结交的人物都是最赫赫有名的;至低限度近二十五年或者三十年以来,俄罗斯的知名学者没有一个不是他所亲密交往的。

现在他没有可交的朋友了,可是讲到过去,他的著名朋友的长名单却是以皮罗戈夫、卡维林①、诗人涅克拉索夫这样的名字结尾的,这些人都跟他有极为真诚热烈的友谊。他是俄罗斯一切大学和三个外国大学的委员。诸如此类,不胜枚举。所有这些,再加上以外许多也可以提一提的事情,就构成了我的所谓名声。

我这个姓名是人人知道的。在俄罗斯,凡是能读会写的人都知道它。在外国,大学讲坛上提起它总要冠上"著名的、可敬的"这类字眼。这个名字是归在少数幸运的名字当中的,如果有人在公共场合和报刊文章里辱骂或者滥用这类名字,就会被人看做品格太差的征象。这也是理所当然的。要知道,我的名字是跟名望很高、天赋极厚、无疑有用的人的观念紧密联系着的。我勤恳耐劳跟骆驼一样,这是重要的;而且我有才能,这就更重要了。此外,我要顺便提到,我是一个有

---

① 皮罗戈夫(1810—1881),俄国教授,外科医术专家。卡维林(1818—1885),俄国教授,法学家,历史学家。

教养的、谦虚而正直的人。我从来没有钻到文学和政治方面去出过风头,也没有贪图名望而跟不学无术的人进行过论战,更没有在宴会上或者我同事的坟墓上发表过演说……总之,我的学者名声没有一星半点的污点,它没有什么可抱怨的。这个名字是幸运的。

起了这个名字的人,也就是说,我自己,却是一个六十二岁的男子,头顶光秃,镶了假牙,害一种医不好的颜面痉挛症。我的名声十分辉煌美丽,我的模样却极其黯淡难看。我的头和手衰弱得发抖,脖子跟屠格涅夫的一个女主角那样像是大提琴的柄,胸脯凹进去,背部狭窄。我说话或者讲课,嘴角总是往一边撇。我一笑,脸上就布满衰老的、死气沉沉的皱纹。我这种可怜的模样没有一点动人的地方,也许只有在我发作颜面痉挛症的时候,我才会有一种特别的表情,惹得人家看见了必定会生出阴森而动人的思想:"这个人大概不久就要死了。"

我讲课跟过去一样,仍旧不错。我照旧能够一连两个钟头抓住听讲人的注意。我的热情、我在讲解方面的文学技巧、我的幽默,差不多遮盖了我声调的缺陷,因为我的声调干巴巴、尖得刺耳,可又抑扬顿挫跟假善人一样。我写文章却不行了。专管写作能力的那一小块脑子不听使唤了。我的记性衰退,思想不大连贯,每逢我把思想写在纸上,总觉得我已经失去一气呵成的本领,结构单调无味,语言贫乏拘谨。我常常词不达意,写到结尾忘了开端。普通字眼我往往忘记,写信时候我总得费不小的劲才能避免多余的句子和不必要的插句,这两样都显然证明我的智力活动衰退了。值得注意的是信越简单,写起来倒越费劲。我写科学论文反而觉得比写贺信或者报告便当得多,也通顺得多。还有一点:我觉得写德文或者英文比写俄文容易。

讲到我现在的生活方式,我先得提到近来常犯的失眠症。要是有人问我现在生活中主要的和基本的特点是什么,我就要回答:失眠症。跟过去一样,我按照习惯,一到午夜就脱衣上床。我很快就睡着了,可是不到两点钟又醒来,觉得好像根本没睡着似的。我只好下床,点上灯。我在房间里走上一两个钟头,从这个墙角走到那个墙角,瞧着早已看熟的照片和画片。我走得腻味了,就在桌旁坐下。我一动不动地坐着,什么也不想,什么欲望也没有。要是有一本书摆在我面前,我就顺手拉过来,一点也没兴趣地看下去。前不久我就是照这样在一夜之间随随便便看完整整一本题目古怪的长篇小说《燕子唱的是什么》。或者,为了使我的注意力有所寄托,我就逼着自己从一数到一千,再不然,我就想我的一个同事的脸,极力回忆他是在哪年,在什么情形下,来教书的。我喜欢听声音。一会儿,我的女儿丽莎在跟我相隔两个房间的一个屋子里匆忙地说梦话,一会儿我的妻子举着蜡烛穿过客厅,而且包管把火柴盒掉在地下,一会儿,干裂的木橱劈啪一响,或者灯头忽然呜呜地叫起来,不知什么缘故所有这些声音都惹得我兴奋。

晚上老睡不着觉,就会时时刻刻觉着自己不正常,因此我心急地巴望天亮和白昼,到那时候我就有权利不睡了。要挨过许多难熬的钟头,公鸡才会在院子里啼起来。它第一个给我带来好消息。它一叫,我就知道不出一个钟头楼下的看门人会醒来,使劲地咳嗽,上楼来拿什么东西。然后窗外天色渐渐发白,街上传来人声了……

白天刚一开头,我的妻子就走进屋来。她走来看我,总是穿着衬裙,头也没梳,不过脸已经洗过,冒出花露水的气味,装出仿佛偶尔走进来的样子,每回老是说那一套话:

"对不起,我只在这儿待一分钟就走……你又是一夜没睡吧?"

然后她熄了灯,在桌旁坐下,谈起来。我不是先知,可是我事先总知道她会谈什么。每天早晨老是那一套。她不安地问过我的健康以后,照例忽然提起我们的儿子,在华沙服役的那个军官。每个月到二十号以后,我们总要汇给他五十卢布,这就成了我们谈话的主要题目。

"当然这在我们是不容易的,"我妻子叹道,"不过,在他还不能完全自立以前,我们也不得不接济他。孩子在异乡作客,饷银又少……不过呢,要是你乐意的话,下个月我们不汇给他五十,汇四十算了。你觉得怎么样?"

日常的经验本来应该已经教会妻子:我们的开支是不会因为我们常常谈它就减少的。可是我的妻子不肯承认经验,每天早晨准定要谈到我们的军官,还要谈到谢天谢地,面包落价了,糖却贵了两个戈比,她说这些话的口气倒好像在向我报告什么新闻似的。

我听着,顺口答应一声,而且大概因为我一夜没睡觉吧,我的脑子里满是古怪而不必要的思想。我瞧着我的妻子,总是像孩子那样吃惊。我纳闷地问我自己:这个很胖而笨重的老太婆,一肚子琐碎的小烦恼,为区区一小块面包担惊害怕,总是露出一副蠢相,再加上经常为债务和贫穷操心,眼光也变得迟钝,而且一开口只会谈家中开支,必得东西落价才见笑容。难道这样一个女人就是当初那个清秀的瓦丽娅?那时候我是因为她头脑聪明,灵魂纯洁,面貌美丽,并且如同奥赛罗爱苔丝德梦娜①那样还因为她"同情"我的学问才热烈爱上她的。难道这个女人就是当初给我生下一个儿子的我那妻子瓦丽娅?

我注意地瞧着这个皮肉松弛、笨手笨脚的老太婆的脸,想在她身上找到我的瓦丽娅,可是从她的过去只剩下一个为我的身体担忧、把我的薪水叫做"我们的"薪水、把我的帽子叫做"我们的"帽子的老太婆罢了。我瞧着她,心里很难过,为了多少给她一点安慰,我总是随她爱说什么就说什么,遇到她不公道地批评别人,或者怪我不私人行医或者出版教科书,我甚至一声也不响。

我们的谈话也有老一套的结束方式。妻子忽然想

---

① 莎士比亚所著剧本《奥赛罗》中的人物。

起我还没喝茶,心慌了。

"我干吗紧自在这儿坐着?"她说,站起来,"茶炊早就摆在桌子上了,我却在这儿闲聊天。主啊,我的记性变得多么差!"

她赶快走去,可是在门口又站住,说:

"我们欠下叶戈尔五个月的工钱了。你知道吗?听差的工钱不可以拖欠,这话我说过不知多少遍了!每个月给十个卢布总比每隔五个月给五十卢布便当得多!"

她走到门外,又站住,说:

"谁也不及我们的苦命的丽莎那样招得我可怜。这姑娘在音乐学院读书,经常在上流社会来往,可是上帝才知道她穿的是什么样的衣服。那个样子的皮大衣,她都不好意思穿着上街了。如果她是别人的女儿,倒也罢了,可是人人又都知道她父亲是一位名教授,枢密顾问官!"

她把我的名望和官阶糟蹋一顿以后,到底总算走了。我的白天就是这样开始的。这以后,也并不见得好过些。

我正在喝茶,我的丽莎向我走来,穿着皮大衣,戴着帽子,拿着乐谱,已经完全准备好,要到音乐学院去了。她二十二岁。她的相貌看起来还要年轻一点,长得漂亮,有点像我妻子年轻的时候。她温柔地吻我的鬓角和手,说:

"早,爸爸。你身体好吧?"

她小时候很喜欢吃冰激凌,我常得带她上点心店去。在她心目中,冰激凌是一切美好东西的规范。要是她想称赞我,她就说:"你是奶油冰激凌,爸爸。"我们常把她的这一个小手指头叫做香榧冰激凌,另一个叫做奶油冰激凌,第三个叫做覆盆子冰激凌等等。往常她早晨来问我早安,我总要把她抱起来放在我的膝头上,吻她的小手指头说:

"奶油冰激凌……香榧冰激凌……柠檬冰激凌……"

现在呢,拗不过老习惯,我还是吻着丽莎的手指头,喃喃地说:"香榧冰激凌……奶油冰激凌……柠檬冰激凌……"可是我的声音完全不一样了。我冷冰冰,就跟冰激凌一样,自己也觉着难为情了。临到我女儿走到我面前,用嘴唇碰一碰我的鬓角,我却打个冷战,倒好像有一只蜜蜂蛰了我的鬓角似的,我勉强笑一笑,把脸扭开了。自从我害失眠症以来,有一个问题像钉子那样钉在我的脑子里:我女儿常常看见我这个老头子,这个名人,因为欠仆役的工钱而痛苦得满脸绯红,她也看见由小小的债务带来的烦恼常常逼得我放下工作,在房间里走来走去,一连走上好几个钟头,想心事,可是为什么她就从来没有一回瞒着母亲,悄悄来到我的身边,凑着我的耳朵小声说:"爸爸,拿去吧,这是我的表、镯子、耳环、衣服……把它们统统拿去典当了吧,你要钱用……"她既然看见母亲和我要虚面子,极力把我们的贫穷瞒住外人,那她为什么不放弃学音乐这种昂贵的享乐呢?我不会收下她的表、镯子,也不会要她牺牲音乐。求主保佑我,我并不需要这些。

同时我也想起了我的儿子,那个在华沙的军官。他是个聪明、正直、清醒的人。可是这在我是不够的。我想:要是我有个老父亲,要是我知道有些时候他穷得害羞,那我就会把军官的职务交给别人去干,自己情愿做雇工。关于孩子的这一类想法败坏我的心绪。这样想有什么好处呢?只有心胸狭窄、满腔怨毒的人才会因为普通人不是英雄而对他们抱恶感。可是,这些不提也罢。

到九点三刻,我得去给我那些亲爱的孩子讲课了。我穿好衣服,顺着街道走去。那条街道我走了三十年,对我来说它已经有它自己的历史了。那儿是一所灰色的大房子,开着一家药店。从前那儿本来是一所小房子,开着一家啤酒店,我就在那啤酒店里构思我的学位论文,给瓦丽娅写第一封情书。我是用铅笔在一张上端标着"Historia morbi"①的纸上写的。那儿,有一家

---

① 拉丁文:病历。

食品杂货店,当初是一个小犹太人开的,他赊给我纸烟,后来由一个胖妇人经营了,她喜欢大学生,因为"他们人人都有娘",现在呢,那里面坐着一个红头发商人,是个很冷淡的人,用铜茶壶喝茶。那儿是大学的破败的、多年没修过的大门,穿着羊皮袄、烦闷无聊的看门人,笤帚,一堆堆的雪……在一个新从内地来的、生气勃勃的、以为科学的宫殿真是宫殿的孩子的心上,这样的大门是不会留下什么健康印象的。一般地说,在俄罗斯悲观主义的历史上,大学校舍的颓败,走廊的阴森,墙上的污迹,光线的不足,台阶、衣帽架、凳子的凄凉样子,在造成这倾向的种种原因当中占首要地位……那儿是我们的校园。我觉得从我做大学生的时候起到现在,它既没变得好一点,也没变得坏一点。我不喜欢它。要是拔掉那些病样的菩提树、枯黄的金合欢、剪了枝子的稀疏的紫丁香,在那儿栽上高高的松树和好看的橡树,那就合理多了。在大多数情形中大学生的胸襟都是由环境培养出来的,那么他在求学的地方无论走到哪儿,眼前所看见的只应当是高大的、强壮的、优雅的东西才对……求上帝别让他瞧见那些细瘦的树木、破碎的窗子、灰色的墙壁、蒙着破烂的漆布的门才好。

我一走到平时进出的门廊,门就开了,我碰到了我的老同事,跟我同年龄同名字的看门人尼古拉。他一面把我让进门去,一面嗽着喉咙说:

"天好冷啊,您老人家!"

或者,如果我的皮大衣湿了,他就说:

"下雨了,您老人家!"

然后他跑到我的前面,把一路上所有的门都替我推开。到了我的研究室里,他就小心地脱掉我的皮大衣,趁这机会跟我讲点大学的新闻。所有的大学看门人和校工之间十分相好,因此全校四个系里,办公处里,校长室里,图书馆里出了些什么事,他都知道。什么事情他不知道呀!遇到不吉利的日子,比方说,校长或者系主任辞职了,我就听见他跟年轻的校工聊天,指出补缺人的名字,而且说某某人不会得到部长批准,某某人自己又不肯接受这职务,然后离奇而详细地谈到办公处里接到了神秘文件,部长和校董大概在进行秘密谈话等等。如果把那些细节除外,他的话大体上差不多永远是对的。他对每个补缺人都形容一番,那种形容是别致的,可又正确。要是您想知道某人在哪年宣读学位论文,开始教书,退休,或者去世,那尽可以靠这个老兵的广博记忆来帮忙。他不但会告诉您哪年哪月哪天,还会讲到这件事或者那件事的经过情形。那样的记性是只有热爱的人才会有的。

他是大学传统的保护人。他由前辈的看门人那里接受了许多大学生活掌故这样一份遗产。他还给这份财富添上他自己在服务期间得来的许多宝贝。要是您想听,他就可以给您讲许多长短不等的故事。他会讲到有些了不起的学者什么都懂,有些出色的刻苦钻研的人一连几个星期不睡觉,很多的人为科学殉难和牺牲。在他看来,善战胜恶,弱者永远征服强者,聪明的征服呆傻的,谦虚的征服骄傲的,年轻的征服年老的……那些传说和故事,人也不必都信以为真,不过把它们滤一下,您就会在滤器里找着您需要的东西:我们的优良传统和大家公认的真正英雄的名字。

在我们这班人当中,学术界的所有新闻只限于某些老教授精神非常恍惚的奇谈以及关于格鲁别尔、关于我、关于巴布欣①的两三个笑话罢了。可是对于受过教育的我们这班人说来,这点消息未免太少。要是我们这班人都像尼古拉那样热爱科学、科学家、学生,那么写成文章的早就会有完整的史诗、故事、言行录了,可惜这样的文学现在还没有。

尼古拉跟我讲完新闻以后,就做出一脸的严肃神情,我们开始谈正事了。要是在这种时候有个外人能够听见尼古拉多么方便地说出许多学术名词,他也许会以为尼古拉本来是个学者,却假扮成一个兵。顺便

---

① 格鲁别尔(1814—1890),俄国教授,解剖学家。巴布欣(1835—1891),俄国教授,医科组织学家。

说一句,关于大学的校工有学问的传言是大大夸张了的。不错,尼古拉知道一百多个拉丁的词,会把骨架拼凑起来,有时候还会准备实验标本,引一句课本上的文绉绉的长句逗学生发笑,可是,举例来说,血液循环这种绝不复杂的原理,他现在仍旧跟二十年前一样茫然不懂。

在我的研究室里,桌子旁边坐着我的解剖员彼得·伊格纳捷维奇,低下头凑着一本书或者一个实验标本。他是个勤恳谦虚,可是没有才分的男子,年纪在三十五岁上下,头顶已经光秃,肚子已经大了。他一天到晚工作,看许多书,凡读过的都记得清楚,在这方面他不止是人,而且要算是金子。在别的方面呢,他就只能算是一匹拉货车的马了,或者换句话说,是个书呆子。那种表明他缺乏才能的、拉车的马的特征,是这样的:他眼界狭隘,只注意他的专门学识;一超出他的专门学识,他就跟小孩一样幼稚了。我记得有一天早晨我走进研究室,说:

"想想看!多么不幸!据说斯科别列夫①死了。"

尼古拉在胸前画十字,可是彼得·伊格纳捷维奇转过身来对着我,问道:

"这个斯科别列夫是什么人?"

还有一回(比这回稍稍早一点),我告诉他说彼罗夫②教授死了。这位亲爱的彼得·伊格纳捷维奇却问道:

"他是教什么的?"

看来,即使巴蒂③凑着他的耳朵唱歌,即使中国的大军侵入俄罗斯,即使发生了地震,他也不会动一动胳膊或者腿,倒会仍旧眯细眼睛,心平气和地看他的显微镜。一句话,赫邱芭跟他是两不相干的④。我倒恨不

---

① 斯科别列夫(1843—1882),俄国将军。
② 彼罗夫(1833—1882),俄国画家。
③ 巴蒂(1843—1919),意大利歌剧演员。
④ 意谓"两不相干",语出莎士比亚的悲剧《哈姆莱特》。赫邱芭是希腊传说中特洛埃王普顿姆之后,在特洛埃被围时失去了丈夫和儿子。

能看一看这块面包干到晚上跟他的妻子怎样一块儿睡觉才好。

另外一个特色是他狂热地相信科学的正确性,尤其是相信德国人所写的一切话的正确性。他相信自己,相信自己的实验标本,知道生活的目的,完全不了解使得天才头发变白的怀疑和失望。他对权威存着奴性的崇拜,缺乏独立思考的要求。打消他的信念是困难的,要跟他争论更不可能。一个人既然深信医学是最好的科学,医师是最好的人,医学传统是最好的传统,那就请您跟他去辩论吧。在医学的丑恶历史中只有一个传统留传下来,那就是现在医师们仍旧系着的白领结。对学者乃至一般的受过教育的人来说,只可能有一个共同的大学传统,并没有医学、法学等传统的分别。可是要彼得·伊格纳捷维奇承认这一点是困难的,他准会为这个跟您一直争论到世界末日去。

他的前途我看得很清楚。他这一辈子会准备好几百次非常精确的实验标本,会写出许多枯燥的,可是很平稳的论文,准确地译出十来篇文章,可是做不出什么惊天动地的大事。要做那种事业就得有想象、发明、眼力才成,可是彼得·伊格纳捷维奇没有这类东西。总之,他不是科学的主人,却是它的工人。

我、彼得·伊格纳捷维奇、尼古拉,压低了喉咙说话。我们的神色有点变了。隔着门听见讲堂里像海浪翻腾的嗡嗡说话声,人就生出一种特别的感觉。三十年以来,我还没习惯这种感觉,每天早晨都会感到它。我烦躁地扣上我的礼服的扣子,问尼古拉几个不必要的问题,发脾气……倒好像我害怕似的,不过这不是胆怯,而是另外一种感觉,然而究竟是什么感觉,我也说不清楚,找不出它的名字来。

我完全不必要地瞧了瞧我的表,说:

"怎么样?现在是去的时候了。"

我们就排好次序走进讲堂:打头的是尼古拉,拿着实验标本或者图表,接着是我,再后是那匹拉车的马,谦虚地耷拉着脑袋,或者,遇到必要的时候,打头的是一个躺着死尸的担架,死尸后面是尼古拉等等。我一进去,学生就都站起来,然后坐下,海洋一样的声音忽然停了。一片安静。

我知道我要讲什么,可是不知道怎样讲法,从哪儿讲开头,讲到哪儿结束。我的脑子里还没准备好一句话。可是我只要往讲堂里扫一眼(讲堂造得像一个围绕着我的圆形剧场),说出那句老套头的话:"上一回我们讲到……"一长串的句子就从我的灵魂里飞出来,我一口气讲下去了!我很快地、兴冲冲地讲着,打都打不住,倒好像没有一种力量能够拦住我的话似的。如果要讲得好,那就是说,如果要讲得不枯燥,使听讲人得益,那么除了才能以外还得有技巧,有经验,对自己的力量,对自己所讲的内容,对听课的那班人,都得有极清楚的概念才行。此外,脑筋得快,眼睛得尖,一会儿也不能不注意眼前的那些人。

一个好指挥,在发挥作曲家的思想的时候,要同时做二十件事:又要瞧乐谱,又要摇指挥棒,又要注意唱歌的人,还要时而向鼓手那边,时而向吹圆号的乐师那边做个手势等等。我讲课的时候也是这样。我面前有一百五十张脸,彼此全不相像,三百只眼睛直直地瞧着我的脸。我的目的就是降伏这个多头的怪物。在我讲课的每一分钟要是我清楚地了解这怪物的注意程度和理解能力,那它就给我降伏住了。我的另一个敌人却是在我自己的身子里面。那就是千变万化的程式、现象、法则,以及由它们生发出来的许多我的和别人的思想。我得随时有本事从一大堆材料里检出顶要紧、顶必需的东西,随着我的滔滔不绝的话语赶快把我的思想装在一种能够使那个怪物听懂而且引起它注意的形式里面,同时又得小心在意,不要把我脑子里积存的那些思想照原样说出来,而要排成一定的、为了正确的组成我要描绘的那个画面而必不可少的次序。还有,我极力使措辞文雅,使定义简短而准确,使话语尽量朴素优美。我得随时控制自己,记着我所能支配的时间只有一小时零四十分钟。总之,要做的事很不少。人得同时做科学家,教师,演说家才成。要是在您身上演说家胜过了教师和科学家,再不然,如果倒过来,那就糟了。

讲了一刻钟,半个钟头以后,我就会发现学生们开始瞧天花板,瞧彼得·伊格纳捷维奇,这个在找手绢,那个在椅子上动弹着想要坐得舒服点,还有人想心事出了神,微微地笑……那意思是说他们的注意力疲了。那就得想办法才成。我赶紧抓个方便机会,说一句俏皮话。一百五十张脸就都现出欢畅的笑容,眼睛快活地发光,一时间又可以听见轻微的海洋般的声音了……我也笑了。他们的注意力振作起来,我可以接着讲下去了。

不管什么样的游戏,不管什么样的玩乐或者消遣,都不及讲课那样能够给我这样多的快乐。只有在讲课的时候我才能够生出满腔的热情,我才明白灵感不是诗人的胡诌,实际上的确有这东西。我想我每回下课后所感到的那种舒服的疲劳就连赫丘力斯①在干完顶痛快的英雄事业以后也不见得会感到。

这是从前的情形了。现在呢,我讲起课来却只觉着受罪。还没讲完半个钟头,我就觉着肩膀和两条腿衰弱得支持不住。我在圈椅上坐下,可是我又不习惯坐着讲课。过了一分钟,我又立起来,仍旧站着讲,后来又坐下了。我的嘴巴发干,喉咙发哑,脑袋发晕……为要把这种情形瞒过听讲人,我就不断地喝水,咳嗽,常常擤鼻子,仿佛因为着了凉才讲不下去似的。我说些不得当的俏皮话,临了不到钟点就宣布提前下课了。可是我非常羞愧。

我的良心和理智告诉我说:我现在所能做的顶好的事就是对那些孩子发表最后一回演讲,跟他们告别,给他们祝福,把我的职位让给一个比我年轻、比我强壮的人了。可是,让上帝裁判我吧,我缺乏勇气本着良心

---

① 希腊神话中一个力大无比的英雄。

办事。

不幸,我不是哲学家,也不是神学家。我十分明白,我的寿命不出半年了。看起来,我目前应当关心的似乎主要是坟墓里的黑暗问题、我在地下长眠后会梦见什么幻象的问题了。可是不知什么缘故,虽然我的头脑充分领会那些问题的重要,我的灵魂却不肯承认。现在我虽然站在死亡面前,却跟二三十年以前一样,仍旧只对科学感兴趣。直到我咽气的时候,我仍旧会相信科学是人类生活中顶重要、顶美好、顶必要的东西,相信科学素来是而且将来也是爱的最崇高的表现,相信人类只有凭借它才会征服自然和自己。这种信心也许在根本上是幼稚而不公正的,可是如果我只相信这个,而不相信别的,那却怪不得我。我没法克制我心中的这种信念啊。

不过问题不在于此。我只要求人们体恤我这种弱点,要求人们领会把一个关心骨髓的发展历史胜过关心宇宙的终极目的的人硬从讲台上拉下来,硬叫他跟他的学生分手,那就等于抓住他,不等他死,就把他放在棺材里,钉上盖子一样。

由于失眠,也由于极力压制我那渐渐增长的衰弱,我起了一种古怪的变化。我上课讲到半当中,眼泪会忽然使我的喉咙哽住,我的眼睛就痒起来,我生出一种热烈急切的欲望,恨不能向前伸出两只手,大声地诉一诉苦才好。我想提高喉咙喊叫道:我,一个著名的人,却被命运判处了死刑,不出半年就要由另一个人上这儿来占据这个讲堂。我要大声喊叫说我中了毒。以前我从来不知道的一些新思想毒害了我一生中的残余岁月。现在仍旧像蚊子似的不断螫我的脑筋。在这种时候,我的情形显得那么可怕,我巴不得所有我的听讲人都害怕,从座位上跳起来,心惊胆战,拼命喊叫,纷纷跑出门口去才好。

挨过这样的时光是不容易呀。

二

讲完课以后,我坐在家里工作。我看刊物和论文,或者准备下一次的课,有时候写点什么东西。我的工作时常中断,因为我不得不接见客人。

铃声响了。这是我的一个同事来找我谈正事。他戴着帽子,拿着手杖走进来见我,把那两样东西向我送过来说:

"我坐一坐就走,坐一坐就走!请坐,collegam①!只谈几句话就走!"

先是我俩都极力向对方表明我俩非常有礼貌,彼此见面十分高兴。我请他在一把安乐椅上坐下,他也让我坐下。我们一面让座,一面小心地碰碰彼此的腰,摸摸彼此的钮扣,好像我们在互相试探,生怕烫了手指

---

① 拉丁文:同事。

头似的。我们两人笑着,其实我们并没说什么可笑的话。我们坐好,低下头,彼此凑近,压低喉咙讲起来。尽管我们彼此有心真诚相待,可是我们仍旧不能不用种种中国人那类客套来装饰我们的谈话,例如"阁下明察秋毫",或者"鄙人已经荣幸地奉告",要是我们当中有谁说了句把笑话,即使说得并不可笑,我们也还是不能不笑一阵。等到谈完正事,这位同事就猛然站起来,对我的工作摇一摇帽子,开始告辞。我们就又互相摸索一阵,笑一阵。我把同事送到前厅,在那儿帮他穿上皮大衣,可是他竭力推谢这种崇高的光荣。后来,等到叶戈尔开了门,同事就对我说我要着凉了,我呢,却装出甚至情愿陪他走到街上去的样子。等到最后我回到自己的书房里,我的脸上仍旧挂着笑容,这大概是惰性关系吧。

没过多久,铃又响了。有人走进前厅里来,脱了半天衣帽,咳嗽很久。叶戈尔来通报说有一个大学生来了。我吩咐一声:请。过了一会儿,一个眉清目秀的青年走进来。有一年了,他跟我一直保持着紧张的关系:考试时候,他对我的问题回答得很不像话,我就给他打了个一分。每年我都有七个这样的学生。照大学生的切口说来,那就是我"掐住了"或者"刷下了"他们。凡是因为学力不够或者害病而考不及格的学生通常倒总是咬着牙忍下去,不来找我啰嗦。凡是找我啰嗦、到我家来的学生,都是些血气方刚、性格开阔的人,考试一"刷下来",连胃口也倒了,害得他们没法准时去听戏。对第一种人我总是宽宏大量,可是对第二种人我就"掐住"整整一年。

"请坐,"我对客人说,"您有什么话要说吗?"

"对不起,教授,我来打搅您……"他开口了,吞吞吐吐,眼睛不看我的脸,"我本不敢来麻烦您,要不是因为……您的课我已经考过五次了,可是……可是全没及格。我求您行行好,让我及格吧,因为……"

凡是懒汉为自己辩护而提出来的理由总是一样的。别的功课他们都考得挺好,只有我的课却考坏了,尤其奇怪的是偏偏他们素来很看重我的课,温得很熟,由于一种没法理解的误会,他们才考坏的。

"对不起,我的朋友,"我对客人说,"我不能给您及格的分数。您回去好好温习功课,再来找我。到那时候我们再看吧。"

沉默。我有意叫那个学生稍稍受点罪,因为他爱啤酒和歌剧胜过爱科学。我就叹口气说:

"依我看来,您现在所能做的最好的事就是索性脱离医学系。要是您凭自己的能力怎么也不能考及格,那您显然没有做医师的心,也没有做医师的才分。"

那个血气方刚的青年的脸拉长了。

"对不起,教授,"他冷笑着说,"可是这种话,依我想来,至少也得说是奇怪。学了五年医学,一下子……不学了!"

"嗯,不错!与其一辈子做自己不热爱的工作,还不如白白损失五年的好。"

可是我马上又觉着可怜他,就连忙说:

"不过这也随您。那么,把功课温一温再来吧。"

"什么时候来呢?"懒汉用闷闷的声音问。

"随您好了。明天也行。"

在他那对善良的眼睛里,我看出了这样的意思:

"我来是可以来,可是你这畜生还是会把我掐住的!"

"当然,"我说,"哪怕您再来考十五回,您也不见得就会增长多少学问,可是这样做可以锻炼您的性格。您一定会因此感激的。"

随后是沉默。我站起来,等这位客人走,可是他站在那儿,瞧着窗口,揪他的小胡子,想心事。这就惹人厌烦了。

那血气方刚的青年讲话声调清脆好听,眼睛灵活,带着讥诮的眼神,脸容和气,不过有点浮肿,因为常喝啤酒,而且在长沙发上躺得过久的缘故。看样子他本来可以对我讲许多有趣的关于歌剧的事,关于他猎艳的事,关于他所喜欢的同学的事,可是不幸,眼下不是谈这种事的时候。要不然我倒也愿意听一听呢。

"教授!我凭人格向您担保,要是您让我及格,那我……"

话一讲到"凭人格",我就摇了摇手,在桌子旁边坐下来。学生又沉吟一下,垂头丧气地说:

"既是这样,那就再见……请您原谅。"

"再见,我的朋友。祝您健康。"

他犹疑不定地走进门厅,慢吞吞地穿上大衣,走到街上,大概又想了很久。他什么也没想出来,只想出了一句针对我说的"老魔鬼",然后他走进一家便宜的饭馆,喝啤酒,吃饭,以后就回家上床睡觉去了。愿你的骨灰得到安宁,正直的劳动者!

铃声第三回响了。一个年轻的医师走进来,穿一套黑色新衣服,戴一副金边眼镜,当然打着白领结。他说了自己的姓名。我请他坐下,问他有什么贵干。那献身于科学的年轻人有点激动地开口了,告诉我说:他的学位考试已经及格,现在只剩下写论文了。他想在我的指导下写作,要是我肯给他一个论文的题目,那他会十分感激的。

"很愿意为您效劳,同事,"我说,"不过,首先,关于论文是什么东西,我俩得有一个共同的理解才行。所谓'论文',一般公认,是指由独立的创造所产生出来的著作。不是这样吗?一个作品,如果用的是别人的题目,在别人的指导下写出来,那就要叫做另一样东西了……"

这个考学位的没说话。我冒火了,从我坐着的地方跳起来。

"我不懂,为什么你们都跑来找我?"我生气地叫道,"难道我开着商店还是怎么的?我又不卖题目!我第一千零一次请求你们:全都躲开我!原谅我说话唐突,可是老实说,这种事我腻味透了!"

考学位的青年一声不响,只是他的颧骨四周现出淡淡的红晕。他的脸容表现了对我的声望和学识的深深尊崇,可是从他眼睛里我却看出他藐视我的声调、我的可怜的身材、我的心浮气躁的手势。我一发脾气,他就觉得我像是一个怪人了。

"我又没开店!"我生气地说,"真是怪事!为什么您不愿意独立自主?为什么您对自由这么厌恶?"

我说了许许多多,可是他始终一声不响。临了我渐渐气平了,当然也就让步了。考学位的青年就从我这儿得到一个不值一文钱的题目,预备在我的督促下写一篇对谁都没用处的论文,将来带着尊严的气派去进行枯燥的答辩,得到一个于他一无用处的学位。

铃声可能连连不断地响下去,可是我在这儿只限于写完四次铃声就算了。铃声第四次响起来,我听见熟悉的脚步声、衣服的沙沙声、亲爱的说话声……

十八年前,我有一个同事,是眼科医生,去世了,留下一个七岁的女儿卡嘉和大约六万卢布。他在遗嘱里指定我做监护人。卡嘉在我们家里一直住到十岁,然后送到一个寄宿女校去,只有到夏天,放了暑假,才住到我们家里来。我没有工夫过问她的教育,只在有空的时候偶尔注意一下,因此她小时候的情形我所能说的很少。

我所记得的而且喜欢回想的头一件事情,就是她搬到我家里来的时候,和听凭医生看病的时候她那可爱的小脸上老是闪着不同平常的信任表情。她常常躲在一旁什么地方坐着,包扎着脸,总是注意地瞧着什么。不管她瞧着我写字或者翻书,也不管她瞧着我妻子忙忙碌碌,瞧着厨娘在厨房里削土豆皮,或者瞧着狗儿玩耍,她的眼睛老是表现着同样的思想,那就是:"这个世界上进行着的一切事情都好,都合理。"她好奇心重,很喜欢跟我谈天。有时候她挨着桌子坐下,面对着我,瞧我的动作,提出问题。她想知道我看的是什么书,我在大学里做什么事,我怕不怕死尸,我怎样花我的薪水。

"大学里的学生打架吗?"她问。

"打架,亲爱的。"

"您罚他们跪吗?"

"罚的。"

她想到大学生打架,我罚他们跪下,觉着滑稽,就笑了。她是个温柔的、有耐性的、善良的孩子。我常常看见她手里的东西给人夺去,看见她无缘无故地受罚,或者她的好奇心得不到满足,这时候,她脸上那常在的信任表情就跟一种悲哀的神情混在一起,如此而已。我不知道该怎样卫护她才好。不过我一瞧见她难过,就有心把她拉到我怀里来,用老奶妈的疼爱口气说:"我可怜的小孤儿!"

我还记得她喜欢穿好衣服,喜欢在衣服上洒香水。在这方面,她跟我一样。我也喜欢漂亮衣服和好香水。

可惜我没有时间,也没有心情去注意卡嘉在十四五岁的时候怎样被一种狂热完全抓住,后来那种狂热怎样发展下去。我说的是她对戏剧的热烈爱好。假期她从学校回来,住在我们家里,谈起别的事情总不及谈到戏剧和演员那么愉快和热烈。她老是谈戏剧,我们都听得腻味了。我妻子和孩子都不理她。只有我没有勇气不理她。每逢她起意找人谈一谈她的痴迷,总是走进我的书房来,用恳求的声调说:

"尼古拉·斯捷潘内奇,让我跟您谈谈戏剧吧!"

我指一指钟,说:

"给你半个钟头的时间。说吧。"

后来她带回来好几十张她所崇拜的男女演员的照片,再后有好几回参加业余演出,最后她在学校里毕业了,向我声明说她天生来就应该做演员。

我从来也不同情卡嘉对戏剧的爱好。依我想来,要是剧本很好,那就用不着再麻烦演员演出来,使它产生正确的印象,只把剧本看一遍也就够了。要是剧本不行,那就不论怎样演也演不好。

我年轻时候常去戏院,现在我家里的人一年也总要订两次包厢,带我去"散散心"。当然,这还不足以使我有权利评断戏剧,不过我还是想说几句。依我看来,现在的戏院并不比三四十年前高明。不管在戏院的走廊上也好,休息室里也好,就跟过去一样,我无论怎样也找不到一杯干净的水。虽然冬天穿厚大衣是一点也不应该留难的事,可是就跟过去一样,招待员替我存好皮大衣,总要硬敲我二十个戈比的竹杠。休息时间就跟过去一样,毫无必要地奏一阵乐,给戏剧所造成的印象添上些没人需要的新东西。就跟过去一样,男人们一到休息时间就走出去,到饮食部去喝含酒精的饮料。要是在小事情上看不出什么进步,那么想在大地方找出进步来就会白费气力。有的时候,演员从头到脚笼罩在舞台习气和成见中,极力不把一句简单而平凡的独白"活着或者不活着"简单地说出来,总要莫名其妙地带点稀里呼噜的声音,还要全身发颤。有的时候,演员千方百计极力要我信服恰茨基①虽然老是跟傻瓜谈话,而且爱上一个傻女人,其实却是个很聪明的人,极力要我信服《聪明误》不是一个沉闷的戏。在

---

① 俄罗斯剧作家格里鲍耶陀夫(1795—1829)所著剧本《聪明误》中的一个人物。

这种时候舞台就会在我心中勾起四十年前饱看古典的咆哮怒叫和捶胸顿足的表演时候早已使我腻味的那种刻板演技。每次我走出戏院总要比走进去的时候更保守些。

多情善感和轻于相信的观众也许会听信一种论调：舞台即使在现在这种形式下也仍旧是学校。然而，凡是熟知什么叫做真正的学校的人，就绝不会上这种当。五十年后或者一百年后情形会怎么样，我不知道，不过照眼前这种情形看来，戏院却只能算做娱乐场所。可是要经常享受这种娱乐却又嫌太贵。它夺去这个国家成千上万健康而有才能的青年男女，这些人如果不去干演戏的行业，也许会成为好医师、好农艺家、好女教师、好军官。它又夺去观众的傍晚时光，而这正是从事脑力劳动和跟朋友闲谈的大好时光。至于金钱的浪费以及观众看了舞台上处理得很不正确的凶杀、私通、伪证以后道德上所蒙受的损害，那就更不用说了。

卡嘉的看法却完全不同。她硬对我说，舞台即使在现在这种形式中也比讲堂,比书本,比世界上任什么东西都高尚。戏剧是把一切艺术结合成一体的一种力量,演员是传教士。没有一种艺术,也没有一种科学,能够像舞台那样在人的灵魂上产生那么强烈和那么确实的影响,因此中等才能的演员比最优秀的科学家或者艺术家在国内享受更大的名望就不是没有理由的了。而且没有一种为公众服务的活动能够像戏剧那样提供那么多的快乐和满足。

于是在一个晴朗的日子,卡嘉参加一个剧团,走了,大概是到乌发去了,随身带去很多的钱、无数愉快的希望、对事业的崇高看法。

她在旅途中寄来的第一批信是惊人的。我看着那些信,简直奇怪几页小小的信纸怎么容得下那么多青春的朝气、心地的纯洁、神圣的清白,以及又细致又切实的判断,这种判断即使是出于优秀的男性智力也会引人赞叹。伏尔加河啦,大自然啦,她游历过的城市啦,她的同事啦,她的成就啦,她的失败啦等等,她不是在写，而是在唱。每一行字都透露出我往常在她脸上看到的信任，同时信上有许多文法方面的错误，而且差不多根本没加标点符号。

半年还没过完，我就接到一封饶有诗意的、热情洋溢的信，劈头是这样一句："我在恋爱。"信里附着一张照片，照片上是一个青年男子，剃光胡须，戴一顶宽边帽，肩膀上搭着一条方格毛毯。这以后的信还是跟先前一样的好，可是信上有了标点符号，文法错误不见了，字里行间发出浓烈的男性气息。卡嘉开始在信上谈起如果在伏尔加流域找个地方开办一个大戏院，规定合股经营，吸引富商大贾和轮船主人到这个事业里来，那是多么好。钱会有很多，观众也会有很多。演员依照合作的条件来演戏……也许这个办法真的挺好吧，可是我觉着这一类花样是只有男人的脑筋才想得出来的。

不管怎样，在一年半或者两年当中，一切都好像顺顺当当：卡嘉在恋爱，相信她的事业，幸福。可是这以后,我渐渐发觉她的信上有明显的泄气迹象了。开头是卡嘉对我抱怨她的同事,这是第一个最不吉利的征象。要是年轻的科学工作者或者文学工作者刚开始工作就恶狠狠地抱怨科学家和文学家,那就表明他已经厌倦,不宜于做那种工作了。卡嘉写信告诉我说:她的同事不参加排演,也永远不懂自己的角色,看得出他们每个人在闹剧的表演中,在舞台动作上,对观众表现了极不恭敬的态度。为了增加票房收入(这是大家唯一的话题),正剧中的女演员竟不顾身份唱小调,悲剧演员唱杂曲来讪笑戴绿帽子的丈夫和不贞节而怀了胎的妻子等等。总之,这些现象怎么会至今还没使内地的戏院倒闭,那些戏院怎么会靠着这么腐败的细小血管维持下来,这倒是应该奇怪的了。

我写给卡嘉一封很长的回信,我得承认那是一封很沉闷的信。除了别的话以外,我对她说:"我过去不止一次跟愿意同我结交的、人品极其高尚的老演员们谈过话,从他们的话里我才明白他们的活动并不尽是由他们个人的智慧和自由意志指导着,多半倒是由社会的风气和喜好控制着的。就连最好的演员,一生当中也不得不时而演悲剧,时而演歌剧,时而演巴黎闹剧,时而演神话剧,不过他们好像始终仍旧认为他们走的是正路,对社会有益。所以,你可以看出来,这种坏现象的根源不该在演员们身上去找,而该更深地到艺术本身中,到整个社会对它的态度中去找。"我这封信反而惹得卡嘉怄气了。她回信给我说:"您跟我在两个不同的歌剧里演戏。① 我在信上跟您谈起的不是那些愿意跟您结交的、人品极其高尚的人,而是一帮谈不上一丁点高尚的坏蛋。他们是一伙野人,只因为别处没人愿意给他们工作才到舞台上来鬼混的,他们管自己叫做艺术家也只是因为他们老脸皮罢了。有才能的人一个也没有,可是庸才啦,醉汉啦,阴谋家啦,造谣家啦,倒有许多。我没法告诉您我是多么痛心:我所热爱

---

① 意思是"我们谈的是两回事"。

她在外有四年光景。在这四年当中,我得承认,在我跟她的关系上,我扮了一种简直不值得羡慕的古怪角色。先是她写信向我说明她要去做女演员,后来写信给我讲到她的恋爱,她每过一个时期总要起一回挥霍的心,我就不得不依照她的请求,时而汇去一千卢布,时而汇去两千。后来她写信向我提起她有意自杀,再后又说到她的孩子夭折,每一回我得到信都不知道该怎么办才好,我对她的遭际的满腔关切只表现在我想得很多,写去沉闷的长信,其实那样的信还是根本不写的好。可是话说回来,我还是以父亲的身份待她,爱她如同爱自己的女儿一样呢!

现在,卡嘉住的地方离我这儿不出半俄里远。她租了一所房子,有五个房间,把它布置得相当舒服,显出了她固有的美感。要是谁有心描写她的布置,那么这个画面最突出的情调就是懒散。为了懒惰的身体布置了软躺椅和软凳子,为了懒惰的脚铺好了地毯,为了懒惰的眼睛配好了淡淡的、昏暗的或者不透明的颜色,的艺术却落在我所痛恨的人的手里。我痛心的是最优秀的人对这种坏现象只是站在远处冷眼旁观,却不愿意走近一点,非但不出头想办法,反而写些沉闷的老生常谈和对谁都没用处的教训……"此外还有些别的话,都是那么一种口气。

又过了不久,我接到这样一封信:"我被人残忍地欺骗了。我活不下去了。我那些钱随您的意思处置好了。我爱您,把您看做我的父亲和我唯一的朋友。别了。"

原来她的他也该归在那"一伙野人"里面。后来,我凭某些迹象推测她有过自杀的企图。大概卡嘉服毒自尽过。大概后来她生了一场大病,因为我后来接到的信已经是从雅尔达寄来的,多半是医生把她送到那儿去了。她写给我的最后一封信上请求我赶快汇一千卢布到雅尔达去,结尾是这样的话:"请原谅这封信满纸辛酸。昨天我把我的孩子埋葬了。"她在克里米亚盘桓将近一年以后,回家来了。

她的表情冰冷、淡漠、涣散,就跟不得不很久很久地等火车开来的旅客的表情一样。她的装束跟从前一样美丽而朴素,可是粗心大意。她往往一连好几天躺在躺椅上或者坐在摇椅上,看得出来她的衣服和头发因此揉得很乱。她也没有从前那份好奇心了。她不再问我什么问题,仿佛已经阅历过生活里的一切,不再等着听什么新鲜事了。

将近下午四点钟,前厅和客厅里开始有走动的声音。这是丽莎从音乐学院回来,带来几个女朋友。可以听见她们弹钢琴,试嗓音,哈哈笑。叶戈尔正在饭厅里摆饭桌,弄得盘盏叮当响。

"再见,"卡嘉说,"今天我不去看您家里的人了。请她们原谅我。我没工夫了。请您来看我。"

我送她到门口,她用严格的眼光从头到脚打量我,烦恼地说:

"您越来越瘦了!为什么您不找个医生看看?我要去请谢尔盖伊·费奥多罗维奇来。让他给您看看为了懒惰的灵魂,墙上挂着无数便宜的扇子和无聊的画片,讲到那种画片的新奇,惹人注意的却不是画题,而是画法。房间里摆着许多小桌子和小架子,上面放满一点也没用处、一点也没价值的摆设,不成形状的小毡毯代替了帷幔……这一切,再加上害怕鲜明的彩色,害怕匀称和空旷,不但证明了精神的懒惰,也证明了对自然的美感的歪曲。卡嘉一连好几天躺在躺椅上看书,主要是看长篇和中篇小说。她一天中间只在下午出门一回,来看我。

我做我的事,卡嘉坐在离我不远的一个长沙发上,沉默着,戴着披巾,仿佛怕冷似的。要么因为我喜欢她,要么因为我从她还是小女孩子的时候起就习惯了她的常来常往,总之,她坐在我这儿,并不妨碍我集中我的注意力。我偶尔信口问她一句话,她也很短地回答一句,或者,我想歇一会儿,就扭转身去对着她,看她出神地瞧着一本医学杂志或者报纸。在这样的时候,我发现她的脸上已经没有旧日那种信任表情了。现在病吧。"

"用不着,卡嘉。"

"我不懂,您家里的人眼睛长到哪儿去了!不用说,这班人倒真不错!"

她猛一下子穿上皮大衣,这时候就一定有两三个别头发的针从她那凌乱的头发上掉下来,落在地板上。她懒得理一下她的头发,而且也没工夫了。她把披下来的发卷随便塞在帽子底下,走了。

我走进饭厅,我的妻子就问我说:

"刚才卡嘉在你那儿吗?为什么她不来看我们?这简直是怪事……"

"妈!"丽莎用责备的口气对她说,"她既不愿意来,就随她去吧。反正我们也不会跪下来求她。"

"不管你怎么说,这也未免眼中无人。在书房里坐了三个钟头,却没想起我们。不过呢,那也只好由她。"

瓦丽雅和丽莎都恨卡嘉。这种仇恨我是不懂的,大概也必须是女人才能懂得这种仇恨。我敢凭我的头颅保证,在我差不多每天在课堂里遇见的一百五十个青年男子当中,在我每个星期要碰见的百把个上了年纪的男子当中,几乎找不出一个人能够了解她们为什么憎恨而且厌恶卡嘉的过去,那就是说憎恨而且厌恶她没有结婚就怀了孕,有过私生子。同时,我怎么也想不起来我认识的女人和姑娘有谁不是有意无意地存着这样的反感。这倒不是因为女人比男人贞节,纯洁。要知道美德和纯洁,如果不跟反感绝缘,那就跟恶德没有什么很大的不同了。我把这现象简单地解释做女人的落后。现代的男子看到不幸便感到哀伤的怜恤和良心的痛苦,依我看来,这比憎恨和厌恶更多地说明文化和道德的成长。现代的女人却跟中世纪的女人一样感伤和粗鲁。依我看来,凡是主张女人应该跟男人受同样教育的人,是十分有见识的。

我妻子所以不喜欢卡嘉,还因为她做过女演员,因为她忘恩负义,因为她骄傲,因为她怪僻,因为但凡一个女人在另一个女人身上可以找到的无数坏处,卡嘉都有。

除了我、妻子、女儿以外,跟我们一块儿吃饭的常常还有两三个我女儿的女朋友和亚历山大·阿朵尔佛维奇·格涅凯尔,这人是丽莎的追求者,有意向她求婚。他是个至多不过三十岁的金发青年,中等身材,长得很饱满,肩膀很宽,耳朵旁边留着火红色络腮胡子,嘴唇上有一点点染了色的唇髭,这就给他那丰满光滑的脸添上一种洋娃娃般的神情。他穿一件很短的上衣,一件花坎肩,一条上部很肥、裤腿很瘦的大花格裤子,一双平底的黄皮鞋。他生着龙虾样的爆眼睛,领结像龙虾的脖子,我甚至觉得这个青年冒出一股龙虾汤的气味。他天天上我们这儿来,可是我家里没有一个人知道他的出身,他在哪儿受过教育,他靠什么生活。他既不弹琴,也不唱歌,可是跟音乐和唱歌却不知有一种什么关系,在一个什么地方替一个什么人卖钢琴,常到音乐学院去,认识所有的名流,布置音乐会。他用很有权威的口气批评音乐,我发现人们都乐意附和他的话。

阔人的身旁永远少不了寄生者,艺术和科学也一样。似乎,世界上没有一种艺术或者科学躲得开像格涅凯尔这类的"异物"。我不是音乐家,或许我看错了格涅凯尔也未可知,再者,对他的情形我知道的很少。可是人家弹琴或唱歌时候他站在钢琴旁边摆出的那种权威的神态和尊严的气派却太使我起疑了。

您尽管是个百分之百的正人君子,枢密顾问官,不过要是您有个女儿,那您就无从保证您能够避开那种常常由献殷勤、做媒、婚姻等带到您家里来和搅扰您心境的庸俗气氛。比方说,每逢格涅凯尔在座的时候我妻子脸上流露出来的得意神情我就无论怎样也看不惯。我也看不惯那些瓶拉菲特、伯特维茵①、雪利②,这些酒都是为了他才摆出来的,好叫他凭了亲眼看见相信我们的日子过得又奢华又大方。我受不了丽莎在音

---

① 葡萄牙所产的红葡萄酒。
② 西班牙所产的白葡萄酒。

乐学院学来的那种音调发颤的笑声,以及她遇到我们家里有男人的时候总是眯细眼睛的那种神情。主要的是我无论怎样也不明白一个跟我的习惯、我的学问、我的生活气息毫不相干,跟我所喜欢的人完全不同的人,为什么天天跑到我家里来,跟我一块儿吃饭。我的妻子和仆人鬼鬼祟祟地小声说:"他是一个求婚的人。"可是我仍旧不懂他为什么待在这儿。这种事在我心中引起的惶惑不下于他们在饭桌旁边把一个组鲁①人安置在我的身旁。还有一件事我也觉着奇怪,那就是我素来看做小娃娃的女儿居然会爱上那样的领结、那样的眼睛、那样的胖脸……

从前我吃饭时候总是很痛快,或者至多冷冷淡淡。现在吃饭在我心中引起的,除了烦闷和愤懑以外,就没有别的心情了。自从我成了"老爷",做了系主任以后,我的家人不知什么缘故觉着我们的菜单和吃饭习

---

① 非洲东南部的一个黑种民族。

惯得完全改变才成。我从做学生时候,做医生时候起就吃惯的那些简单的菜,现在都没有了,他们给我吃的却是什么法国浓肉汤,面上浮着像冰碴一样的白东西,另外还给我吃什么用玛第拉①烹的腰子。将军的品位和名望使我永远断绝了白菜汤、可口的馅饼、加苹果汁的鹅、鳊鱼粥。他们辞掉我的女仆阿加霞,一个爱说爱笑的老太婆,换了个叶戈尔来伺候吃饭,那是个呆笨而又傲慢的家伙,右手老是戴一只白手套。等菜的工夫很短,可是好像长得不得了,因为在那种时候没有什么事可做。从前那种欢畅、那种随意谈话、那种戏谑、那种哄笑,现在一点也没有了。从前我们在饭厅里会齐,总有一种互相亲近,欢欢喜喜的感觉搅动孩子、妻子和我的心,现在却没有了。对我这忙人来说,吃饭正是休息和团聚的时间。对我妻子儿女来说这是节庆,时间固然短,可是快乐欢畅,他们知道在这半个钟头里我不

---

① 西班牙属玛第拉岛所产的红葡萄酒。

属于科学,不属于学生,不属于别人,只属于他们。喝一小杯酒就醉了的本事再也没有了,阿加霞走了,鳊鱼粥没有了,旧日吃饭时候遇到出了什么小岔子,比方猫跟狗在桌子底下打架,或者卡嘉的绷带从脸上落到汤盘里,大家就哇哇地叫起来,现在也没有了。

现在我们的进餐,描写起来就跟吃起来一样乏味。我妻子的脸上现出得意和做作的尊严神情,还有平素那种操心神情。她不安地瞧着我们的碟子,说:"我看你们不喜欢吃烤肉吧……告诉我,是不喜欢吃吧?"我只好回答:"你别瞎担心,亲爱的,烤肉很好吃。"她就说:"你老是向着我,尼古拉·斯捷潘内奇,你从来也不说实话。为什么亚历山大·阿朵尔佛维奇吃得这么少呢?"总之,饭桌上说的老是这一套话。丽莎声音发颤地笑一阵,眯细眼睛。直到现在吃饭时候,我瞧着她们母女俩,我才完全明白过来:我很久没有注意这两个人的精神生活了。我有这样的感觉,从前我倒好像是跟真正的家人住在一个家里,现在我却在做客,跟一个不像是真正的妻子同桌吃饭,我瞧着丽莎,觉着她也不像是真正的丽莎了。她俩都起了惊人的变化,我错过了她们完成这种变化的漫长过程,怪不得我一点也不懂了。为什么会发生那种变化呢?我不知道。也许问题只在于上帝没把赐给我的力量照样赐给我的妻子和女儿吧。我从小就习惯了抵制外来的影响,把自己锻炼得十分坚强,生活中的大变动,例如名望、将军的品位、从生活舒适过渡到窘困、跟名流的结交等,差不多对我不起影响,我始终原封不动,没受到伤害。可是这一切,对于没受过锻炼的、软弱的妻子和丽莎却像雪崩一样压下来,砸坏了她们。

格涅凯尔和那些姑娘谈赋格曲,谈对位法,谈歌唱家,谈钢琴家,谈巴哈①和勃拉姆斯②。我妻子深怕她们疑心她不懂音乐,就向她们做出同情的笑脸,含含糊

---

① 巴哈(1658—1750),德国作曲家和音乐家。
② 勃拉姆斯(1833—1897),德国作曲家。

糊地说:"这实在好……难道有这样的事! 真没想到……"格涅凯尔尊严地吃着,尊严地说笑话,爱理不理地听那些小姐的批评。有时候他起意说几句糟糕的法国话,于是不知因为什么缘故,他觉着需要称呼我一声"Votre Excelence"①了。

可是我沉下脸。我分明碍他们的事,他们也碍我的事。我以前从来也不大懂得什么叫阶级仇恨,可是现在正好有一种跟这差不多的感情在折磨我。我极力在格涅凯尔身上专找短处,而且很快就找到了。我想到坐在这儿当我女儿的求婚人的,不是我的同行,就生闷气。他在座,对我还有另一方面的坏影响。我单身一个人或者跟我喜欢的人做伴的时候,照例从来不想到我自己的成就,或者即使想起来,我也觉得那点成就平平常常,仿佛我昨天才成为学者似的。可是在格涅凯尔这样的人面前我却觉得我的成就像是一座最高的

---

① 法语:大人。

山,山顶耸进云霄,格涅凯尔那流人只配在山脚下跑来跑去,而且渺小得肉眼都几乎看不见。

饭后,我走进书房,在那儿点上我的烟斗,我一天只抽这么一回烟,这是旧日一天到晚抽烟的坏习惯留下来的一点残余。我抽烟的时候,我的妻子走进来,坐下,跟我谈话。跟早晨一样,我事先总能料到我们会谈些什么话。

"我得认真跟你谈一谈了,尼古拉·斯捷潘内奇,"她开口了,"我的意思是指丽莎……你为什么一点也不在心上呢?"

"什么事不在心上?"

"你假装什么也没瞧见,可是这是不对的。漠不关心是不行的……格涅凯尔对丽莎有求婚的意思……你觉着怎么样?"

"我不能说他是坏人,因为我不了解他。不过我不喜欢他,这话我已经跟你说过一千回了。"

"可是不能这样……不能这样……"

她站起来,兴奋地走来走去。

"你不能用这样的态度对待这么严重的大事……"她说,"这问题牵涉到女儿的幸福,那就得把私人成见统统丢开才对。我知道你不喜欢他……好吧……假定我们现在拒绝他,把这件事闹翻,那你怎么能保证丽莎不会终生抱怨我们呢?现在,求婚的人可是不怎么多了,说不定将来没有人上门呢……他很爱丽莎,她也分明喜欢他……当然,他还没有固定的地位,不过那有什么办法呢?求上帝保佑,他将来总会有固定地位的。他出身好家庭,有钱。"

"这是你从哪儿听来的?"

"他自己说的。他父亲在哈尔科夫①有一所大房子,在城郊有田产。总之,尼古拉·斯捷潘内奇,你非到哈尔科夫去一趟不可了。"

"去干什么?"

---

① 乌克兰的一个城名。

"你上那儿去打听一下……那儿有许多你认得的教授,他们会帮你忙。我恨不得自己去一趟才好,可惜我是个女人。我不能去……"

"我不上哈尔科夫去。"我阴沉地说。

我妻子吓坏了,她脸上现出痛苦到极点的表情。

"看在上帝的面上,尼古拉·斯捷潘内奇!"她恳求我,哭了,"看在上帝的面上,了却我这件心事吧!我痛苦啊!"

我瞧着她,心里难过了。

"好吧,瓦丽雅,"我亲切地说,"既是你要这样办,那就放心,我到哈尔科夫去,把你要做的事办一下好了。"

她拿手绢蒙住眼睛,走出去,回到自己房间里去哭了。这儿只剩下我一个人了。

过了一会儿,灯拿进来。圈椅和灯罩在墙上和地板上投下了熟悉的、我早已看腻的阴影。我一瞧见它们,就觉得夜晚来了,而且带着我那该诅咒的失眠一齐来了。我在床上躺下,然后站起来,在房间里走来走去,随后又躺下……照例在晚饭以后,黄昏到来以前,我的神经的兴奋要达到顶点。我无缘无故地哭起来,把脑袋埋在枕头底下。这种时候我总怕有人走进来,又怕突然死掉,我为自己的眼泪害臊,总之,我的灵魂里起了一种叫人受不了的变化。我觉着我再也看不得我的灯、我的书、地板上的阴影,再也听不得从客厅里传来的说话声了。有一种肉眼看不见的和不能理解的力量正粗鲁地把我推出卧房外面去。我就跳起来,匆匆穿好衣服,小心在意,免得让家人发觉,溜出去,走到街上。我上哪儿去好呢?

这个问题的答案早已在我的脑子里了:到卡嘉家去。

三

她照例躺在一张土耳其式长沙发上或者躺椅上看

书。她看见我,就懒洋洋地抬起头,坐起来,把手伸给我。

"你老是躺着,"我停了一会儿,歇口气以后说,"这对身体是不好的。你应当干点什么才对!"

"什么?"

"我是说你应当干点什么才对。"

"干点什么呢?女人只能做普通的女工或者演员。"

"那有什么关系?要是你不能做女工,就去做演员好了。"

她没说话。

"你应当结婚了。"我半开玩笑地说。

"找不着可以结婚的人啊。而且结婚也没什么意思。"

"这样生活下去是不行的。"

"没有丈夫就不行?倒好像真有什么关系似的!只要我想找,要找多少男人就可以找着多少。"

"这不好,卡嘉。"

"什么不好?"

"哪,你刚才说的那种话不好。"

卡嘉看出我有点不好受,想冲淡这不好的印象,就说:

"走。上那儿去。那边。"

她带我走进一个很舒服的小屋,指了指写字台,说:

"瞧……我已经给您预备下了。您就在这儿工作吧。您天天上这儿来,把您的工作随身带来好了。您在家里,那些人反而妨碍您做事。您以后就在这儿工作吗?您愿意来吗?"

我怕回绝她会伤她的心,就答应我会上这儿来工作,说我很喜欢这个房间。然后我俩在这舒服的小屋里坐下来谈天。

现在,温暖、舒适的环境,眼前又有这样一个招我喜欢的人,在我心中引起的却不是像从前那样的满足感觉,而是一种想要诉苦和发牢骚的强烈心意。不知什么缘故,我觉着要是抱怨一阵,发一阵牢骚,心里就会畅快些。

"情形很糟啊,我亲爱的!"我开口了,叹口气,"很糟啊……"

"怎么呢?"

"你明白,是这么回事,我的朋友。皇帝的最好的和最神圣的权利莫过于原谅的权利。我以前老是觉着自己是皇帝,因为我总是毫无限度地使用这种权利。我从来也不责备人,总是体恤人家。不管什么样的人,我都愿意原谅。遇到别人气不平或者愤慨,我总是劝一劝,说服一下。我这一辈子所努力的只是不惹家人、学生、同事、仆人讨厌。我知道,我这种待人的态度教育了我周围那些跟我有过接触的人。可是现在我做不成皇帝了。我心里发生一种只有奴隶才配有的情形:我的脑子里一天到晚装满恶毒的思想,我早先没有领略过的种种感情却在我的灵魂里搭下了窠。我满腔的痛恨、轻蔑、怨气、愤慨、害怕。我变得过分严格,苛求,爱生气,不体恤,多疑。有些事情从前只会给我说一句无伤大雅的笑话的机会,好意地笑一笑了事,现在却在我心中产生一种阴暗的感情。我的逻辑也变了,从前我只是看不起钱,现在我呢,却不是对钱,而是对阔人有恶感,好像他们有罪似的。从前我恨暴力和专制,可是现在我恨那些使用暴力的人了,仿佛只该怪他们不对,不该怪我们大家不善于互相教育似的。这是怎么回事呢?要是这些新思想和新感情是因为信念转变才产生的,那么这转变是怎么产生的呢?难道这世界变坏了,我变好了?或者难道我以前瞎了眼睛,漠不关心?如果这变化是因为我的体力和脑力共同衰退才产生的(我本来有病,体重天天减轻),那我的情形就未免可怜了,这是说我的新思想不正常,不健康,我应当为它们惭愧,把它们看得没价值才对……"

"这跟病没有什么关系,"卡嘉打断我的话,"这只不过因为您的眼睛睁开了而已,没别的缘故。有些事情,从前不知因为什么缘故您不肯看,现在却看见了。依我想来,您首先应该做的是跟您的家庭一刀两断,一走了事。"

"你在胡说了。"

"您并不爱她们,那您何苦勉强呢?难道她们也能叫做家人?简直是些废物!要是她们今天死了,明天就不会有人注意她们在不在人世。"

卡嘉十分看不起我的妻子和丽莎,就跟她们十分恨她一样。在我们这个时代是不可以谈到人们有互相看不起的权利的。不过,要是凭卡嘉的观点看问题,承认有这种权利,就可以看出来,我妻子和丽莎既有权利恨她,她就也有权利看不起她们。

"简直是废物!"她又说,"您今天吃过饭没有?她们怎么会没忘了叫您到饭厅里去吃饭?她们怎么会至今还记得有您这么一个人?"

"卡嘉,"我厉声说,"请你别说了。"

"您当是我喜欢谈她们吗?我倒巴不得压根儿就

不认识她们才好。听我的话,我亲爱的:丢开一切,走吧。出国去吧。越快越好。"

"简直是胡说!大学怎么办呢?"

"也丢开那大学好了。大学跟您什么相干呢?反正它也没什么道理。您教了三十年的书,可是您的学生都上哪儿去了?您教出了许多著名的科学家吗?数一数好了!用不着有才能的好人来出力,照样可以培养出大批大批敲诈无知无识的人而大发横财的医生。您这种人是多余的。"

"我的上帝啊!你好刻薄!"我恐怖地叫道,"你好刻薄!快别说了,要不然我就走了!我不会回答你这些刻薄话!"

使女走进来,请我们去喝茶。到了茶炊旁边,谢天谢地,我们的谈话总算变了题目。我发完牢骚以后,又想发泄另外一种老年的嗜好:回忆。我对卡嘉谈起我的过去,使我大大吃惊的是我跟她讲了些简直没想到至今还完整地保存在记忆里的事情。她带着温柔、带着骄傲,屏住呼吸,听我讲下去。我特别喜欢跟她讲起从前我怎样在宗教学校里求学,怎样梦想着进大学。

"我常在我们那宗教学校的校园里散步……"我说,"风带来远处一个酒馆里的手风琴的呜呜声和歌唱声,或者围墙外面跑过一辆有铃子的马车,这就足以使一种幸福的感觉不但忽然灌满我的胸膛,甚至灌满的我胃、腿和胳膊了……我听着手风琴的声音或者渐渐远去的铃声,幻想自己做了医生,描出许多画面,一个比一个灿烂。现在呢,你瞧,我的梦想实现了。我所得到的还超过了当初所敢梦想的呢。三十年来,我一直是一个得到学生爱戴的教授,我有许多卓越的朋友,我享受光荣的名望。我恋爱过,由于热烈的爱情结了婚,有了子女。一句话,只要回头一看,我就看见我的一生像是一篇由天才写出来的美丽的文章。现在剩下来要做的只有别糟蹋这一生的结局了。要做到这一点,我就应该死得不愧是个人的样子。要是死亡真是一件危险的事,我就得合乎教师、学者、基督教国家的公民身份,精神饱满、心平气和地迎接它。可是我却在糟蹋我的结局。我正在沉下去,我跑到你这儿来求救,你却告诉我说:沉下去吧,本来就该这样。"

可是这当儿前厅传来了铃声。我和卡嘉听清拉铃的声音,就说:

"来人一定是米哈依尔·费奥多罗维奇。"

果然不到一分钟,我的同事,语言学家米哈依尔·费奥多罗维奇走进来了,这是个身材高大、体格结实、年纪在五十上下的男人,脸刮得干干净净,长着浓密的白发和黑眉毛。他是个好人,而且是个好朋友。他出身于一个古老的贵族家庭,那是个相当幸运的、有才气的家族,在我国文学和教育的历史上占据显要的地位。他自己也聪明,有才气,受过很高的教育,然而也不是没有怪脾气。在一定程度上,我们都有点古怪,都是怪人,可是他的古怪却有点出奇,而且对他的熟人来说不无危险。我知道在他的熟人当中有不少人只看见他的古怪而完全看不见他的许多长处。

他走进我们屋里,慢慢地脱下手套,用柔和的低音说:

"你们好。你们在喝茶吗?这倒正合适。外头冷得厉害。"

然后他在桌子旁边坐下来,喝下一杯茶,立刻谈起来。他讲话方式中最显出特色的一点就是永久不变的取笑口吻,把哲学和打诨揉在一起,跟莎士比亚戏里的掘墓人一样。他老是谈严肃的事,可是经他一讲,就绝不严肃了。他的评语总是尖酸刻薄,爱挑毛病,可是幸好他的声调柔和、平稳、招笑,那种刻薄和痛骂才不刺耳,很快就让人听惯了。每天傍晚他总要带来五六个大学生活趣事,照例在桌旁一坐下,就讲起来。

"唉,主啊!"他叹气,讥诮地活动黑眉毛,"世界上有好多的小丑哟!"

"怎么呢?"卡嘉问。

"今天早晨我从讲堂里出来,在楼梯上碰到咱们那个老傻瓜某某人……他照例翘起马那样的下巴,想要对人抱怨一下他的偏头痛,抱怨一下他的妻子,抱怨一下不肯来听他讲课的学生。'啊呀,'我想,'他看见我了,这一下子完蛋了,倒定了霉了……'"

诸如此类,总是这么一套。要不然,他就这样开始:

"昨天我听我们的朋友某某公开演讲。我不懂我们的almamater① 怎么会打定主意搬出像某某这样的宝货,独一无二的蠢才(这种话在天黑以后可别说呀),拿给群众看。是啊,他是全欧罗巴的傻瓜!天呐,像他那样的家伙在全欧洲大白天打着火把也找不出第二个来!您想想吧,他演讲就像吮冰糖:稀里呼噜,稀里呼噜……他慌慌张张,差点看不清自己的底稿,他那些渺小的思想爬都爬不动,就跟修道院长骑自行车那么慢腾腾的,糟糕的是你简直闹不清他到底要说什么。枯燥得要命,连苍蝇都会闷得断了气。这份

---

① 拉丁文:母校。

沉闷也许只有在礼堂里开年会,宣读例行报告时候的沉闷才比得上,真是见鬼。"

话题马上一变:

"三年前,尼古拉·斯捷潘内奇总还记得吧,我就做过那样的报告。天气又热又闷,我的制服勒着胳肢窝,紧得要命!我念了半个钟头,一个钟头,一个半钟头,两个钟头……'好了。'我想;'谢天谢地,剩下只有十页了。'我那报告的结尾有四页可以完全不念,我想把它删掉算了。'那么只剩下六页了。'我想。可是,您猜怎么着,我偶然瞧一眼前面,看见第一排有一位披着宽绶带的将军和一位主教并肩坐着。这两个可怜虫烦闷得身子发僵,睁大了眼睛免得睡着,可是脸上又极力做出注意听讲的神情,装得听懂了我的话而且很爱听的样子。'行,'我想,'既然爱听,你们就听吧!我要叫你们受一受!'于是我索性把那四页也都对他们念了。"

跟所有的爱讥诮的人一样,他讲起话来,只有眼睛和眉毛才含着笑意。在这种时候,他的眼睛里面并没有憎恨或者恶意,只有许多的尖刻以及人们仅仅在很善于观察的人的脸上才能看到的那种特别的、狐狸样的狡猾。如果继续再谈他的眼睛,那我就要说我在他眼睛里还发现另外一种特色。每逢他接过卡嘉递给他的杯子,或者听她讲话,或者卡嘉有事出去一会儿,他瞧着她的背影的时候,我就发现他的眼光里带点温柔、恳求、纯洁的眼神……

使女拿走茶炊,在桌上放了一大块干酪、水果、一瓶克里米亚的香槟酒,那是一种糟透了的葡萄酒,卡嘉住在克里米亚的时候却喝上了口。米哈依尔·费奥多罗维奇从书架上拿下两副纸牌,开始摆牌阵。照他说起来,有几种牌阵的摆法需要很大的灵敏和专心,可是话虽如此,他打牌的时候仍旧不停地谈天消遣。卡嘉注意地看他的牌,给他出主意,然而不是用嘴说,而是用表情。她一个傍晚至多不过喝两小杯葡萄酒,我喝四大杯,瓶里余下的酒就都归米哈依尔·费奥多罗维奇享用了,他酒量大而且永远不醉。

摆牌阵的时候,我们解决各种问题,大都是高级的问题。最倒霉的正是我们最热爱的东西,也就是科学。

"科学,谢谢上帝,已经活到头了,"米哈依尔·费奥多罗维奇抑扬顿挫地说,"它的歌已经唱完了。对了。人类已经开始感到需得用另外一种东西来代替它了。它原是在迷信的土壤上生长起来,受到迷信的滋养的,现在也仍旧是迷信的结晶,跟它去世的祖母,炼金术、形而上学、哲学等一样。真的,科学究竟给过人类什么东西呢?可不是,有科学的欧洲人和没有任何科学的中国人中间,那差别是微乎其微的,而且也只限于表面上。中国人不懂科学,可是他们因此损失了什么呢?"

"苍蝇也不懂科学,"我说,"可是那又能证明什么呢?"

"您用不着生气,尼古拉·斯捷潘内奇。这些话,我只是背地里在我们自己人中间这么说说……我这个人,比您料想的总还小心得多,我不会当着大家说这种话的,求主保佑!公众中间仍旧存在着迷信,认为艺术和科学比农业和商业高明,比手工业高明。咱们这班人就靠了这种迷信才有饭吃。破坏这种迷信可不是您和我的事。求主保佑!"

在摆牌阵的时候,年轻的一代也挨到一顿痛骂。

"听我们讲课的人现在也退步了,"米哈依尔·费奥多罗维奇叹道,"姑且不谈理想什么的,只要能工作,能思索,就已经不错了! 瞧,正好应了那句话:'我悲哀地瞧着我们这一代的青年。'①"

"是啊,他们大大退步了,"卡嘉同意说,"您说说看:近五年或者十年以来,你们教出过哪怕一个了不起的人吗?"

"别的教授怎么样,我不知道,可是我教出来的学生当中,我却一个也想不起来。"

---

① 莱蒙托夫的诗《沉思》中的一句。

"我这一辈子也总算见过许多你们的学生、年轻的科学工作者、许多演员了……怎么样呢？慢说英雄或者天才我从来没有那种福气碰见过，就连单是有趣味的人我也一个都没见过。全是些灰色的人，庸才，自高自大……"

这种关于退步的话每一回都使我有一种感触，好像偶然间偷听到人家用难听的话骂我女儿一样。我所以听不入耳，是因为这类责难毫无道理，他们所根据的无非是早已陈腐的滥调，吓人的大话，例如什么退步啦，缺乏理想啦，比不上过去的灿烂时代啦。不管什么样的指责，即使是在女人面前说说的，也应当尽量明确地提出来，要不然那就不是指责，只是空洞的谩骂，不合正人君子的身份。

我是老人，教书有三十年了，可是我既没看出什么退步，也没看出缺乏理想。我也不认为现在比过去糟糕。我的看门人尼古拉在这方面的经验是很有价值的，他说今天的学生既不比过去的学生好，也不比他们差。

要是有人问我在哪方面不喜欢现在我们的学生,我回答这问题不会很便当,可也不会说得太长,不过一定十分明确。我知道他们的缺点,因此用不着找出那些含混的老生常谈来搪塞。我不喜欢他们抽烟,喝酒,晚婚,也不喜欢他们那么漠不关心,常常冷淡到眼看自己周围有同学挨饿,却不捐款给学生救济会。他们不懂现代的语言,讲俄国话也不正确。就是昨天我的同事,卫生学教授,还对我抱怨说他教的课总得多讲一遍才行,因为学生们的物理学知识很差,对气象学完全不懂。他们很容易受最新的,甚至不是最优秀的作家的影响,可是他们完全不关心古典著作,例如莎士比亚、马可·奥勒留①、埃披克梯托斯②,或者帕斯卡③。他们分不清伟大和渺小,这尤其说明他们在生活方面不

---

① 马可·奥勒留(121—180),罗马帝国皇帝兼哲学家。
② 埃披克梯托斯(60? —120?),罗马哲学家。
③ 帕斯卡(1623—1662),法国哲学家。

切实际。凡是多多少少含有社会性质的困难问题(比方说,移民问题),他们总是靠这问题的论文来解决,而不是靠科学研究和科学实验,虽然这方法是他们完全做得到的,尤其是跟他们的职业很符合。他们情愿做住院医生、医务助理员、化验室的医生,情愿把这种职业做到四十岁,然而在科学方面,独立自主的气魄、自由的感觉、个人的主动精神,并不比其他行业,例如艺术或商业,少需要一分。学生和听讲人,我是有的,可是帮手和继承人却没有,所以我爱他们,为他们所感动,可是并不为他们感到骄傲。等等,等等……

这类缺点尽管很多,却只能惹得懦弱和胆怯的人生出悲观情绪或者谩骂心理。这种种短处具有偶然的、暂时的性质,完全随生活条件的变化而转移。只要过上十年,这些短处就会消灭,或者让位给别的新缺陷,那些缺陷也是完全不能避免的,不过它们也会吓得那时候的懦弱的人胆战心惊。学生们的坏处常常惹得我气恼,可是拿这点气恼跟近三十年来我跟学生谈话、给他们讲课、考察他们相互关系、把他们跟别的行业的人对比的时候所得到的快乐相比,那就算不得什么了。

米哈依尔·费奥多罗维奇专说刻薄话,卡嘉听着,他俩都没觉出这种挑剔邻人的消遣,表面看来虽然没有什么害处,实际上却在把他们渐渐地拖进一个多么深的深渊里去。他们自己并没觉得简单的谈天怎样一步步化为讥诮和嘲骂,他俩怎样甚至开始养成了在人背后说坏话的习惯。

"人常会碰见些滑稽家伙,"米哈依尔·费奥多罗维奇说,"昨天我到我们的朋友叶戈尔·彼得罗维奇家里去,在那儿碰见一位念书的学爷,大概是你们医科三年级的学生吧。好一张脸……杜勃罗留波夫①的脸型,脑门子上刻着深奥的思想。我们攀谈起来。'年轻人,有这样一件事儿,'我说,'我读到一篇文章,'我说,'有个德国人——我忘记他的名字了——从人的脑子里提

---

① 杜勃罗留波夫(1836—1861),俄罗斯革命民主主义者,杰出的文学批评家。

取了一种新的生物碱:痴呆。'你们猜怎么着?他真的听信了,脸上甚至现出佩服的表情,好像在说,'瞧,我们这班人本事多大!'有一天我到戏院里去。我在位子上坐下。刚好我前面第二排上坐着两个人:一个也是'我们这班人'之流的人物,大概是学法律的;另一个披头散发,是医科学生。那医科学生醉得跟皮匠一样。他根本没看台上的戏。他只顾打盹儿,鼻子往前一冲一冲的。可是只要演员开始大声念独白,或者光是提高了喉咙,我们这位医科学生就吃一惊,拿手指头戳一下邻座那个人的肋骨,问道:'他在说什么?说得高——尚吗?''高尚。'那位'我们这班人'回答。'好哇!'医科学生吼起来,'高尚啊!好哇!'你们瞧,这喝醉了酒的蠢材上戏院里来原来不是为了欣赏艺术,而是要找高尚的东西。他要的是高尚。"

卡嘉听着,笑了。她的笑法相当古怪,吸气很快,每一吸气和每一呼气中间的空当既有节奏,而又整齐,很像是在拉手风琴,同时她脸上只有鼻孔在笑。我心

里发闷,不知道说什么好。我忍不住,冒火了,从座位上跳起来,叫道:

"别说了!为什么你们两个像癞蛤蟆似的坐在这儿,吐出气来弄得空中满是毒素?我听够了!"

我不等他们嚼完蛆,就准备回家去。实在,也应该走了:已经十点多钟了。

"我想再坐一会儿,"米哈依尔·费奥多罗维奇说,"您答应吗,叶卡捷琳娜·弗拉基米罗芙娜?"

"行。"卡嘉回答。

"Bene①!既是这样,那就请您吩咐他们再拿一小瓶酒来吧。"

他俩举着蜡烛送我到门厅,我穿皮大衣的时候,米哈依尔·费奥多罗维奇说:

"近来您瘦多了,也老多了,尼古拉·斯捷潘内奇。您怎么了?您病了?"

---

① 拉丁文:好。

"对了,身体不大好。"

"他却不肯治病……"卡嘉闷闷不乐地插嘴。

"为什么您不治一治病呢?怎么能照这样拖下去呢?天助自助者,亲爱的人。托您向您家里的人致意,替我道歉,说我没去看她们。在我出国以前,一两天里我要去辞行的。一定去!下个星期我就走了。"

我从卡嘉家里出来,因为大家谈起我的病而又激动又害怕,不满意自己。我暗自盘算是不是真的应该找个同事来看看我的病。我立刻想象我的同事给我听诊以后,会一句话也不说地走到窗口去,沉吟一下,然后转过身来对着我,极力提防我从他脸上看出真相,用随随便便的口气说:"眼下我还看不出有什么特别的情形,不过,同事,我还是要劝您辞掉工作的好……"那就夺去了我的最后一线希望。

谁能不存一点希望呢?近来,每逢我诊断自己的病,给自己开药方,就往往希望自己的无知欺骗了自己,希望在自己身上所发现的蛋白质和糖质、心脏的毛病、有两次在早晨发生过的全身浮肿,都是我弄错了。我带着忧郁病患者的那份热心翻看治疗学的专书,天天换药吃,老是觉得会碰到对症的药。这都很不像话。

每天傍晚,不管天上布满阴云也好,月亮和星星正在照耀也好,我在回家的路上举眼望天,心里总是想着:死亡不久就要把我带走了。人也许会以为在这种时候我的思想一定跟天空那么深奥,灿烂,惊人……可是不然!我想到的是我自己、我的妻子、丽莎、格涅凯尔、学生们、一般的人。我的思想卑劣,渺小,我在蒙哄我自己。在这种时候,我的世界观可以用著名的阿拉克切耶夫①在一封私信里所说的话表达出来:"这世界上一切好东西都不可能不含有恶,而且恶永远比善多。"这就是说,一切东西都丑恶,根本没有一种可以使人为它生活下去的东西。我活过的六十二年只应该

---

① 阿拉克切耶夫(1769—1834),沙皇手下最反动的专权佞臣。

算是白活。我一发觉自己有这种思想,就极力说服自己:这些思想是偶然的、暂时的,在我心里没有深深地生下根,可是我立刻又想:

"真要是这样的话,那为什么我每天傍晚总想去找那两个癞蛤蟆呢?"

我暗自赌咒从此再也不去找卡嘉了,可又明明知道第二天傍晚我还是会去。

我在自己的家门口拉了铃,后来走上楼去,却觉得现在我已经没有家了,也没心再把它找回来。事情是明明白白的,新的阿拉克切耶夫式的思想不是偶然地、暂时地在我心里出现,它已经占据我的全身心了。我带着痛苦的良心,垂头丧气,无精打采四肢都不大能动,觉得身上好像加了几千普特的体重似的,于是我脱衣上床,很快便睡着了。

然后呢,失眠来了……

四

夏天来了,生活改变了。

一天早晨,天气晴朗,丽莎走到我的房间里来,用开玩笑的口气说:

"走吧,大人。准备停当了。"

我这位大人就给领到街上,被安置在一辆马车上,他们把我运走了。我坐在车上,没事可做,就看左右两边的招牌。"特拉克季尔"①变成了"里特卡尔特"。这个字倒正好做男爵的姓:里特卡尔特男爵夫人。我的车子往前走去,穿过田野,经过墓园。虽然我不久就要躺在那墓园里,它却没使我生出任何感触。然后我的车子穿过一片树林,又到田野上了。一点有趣味的东西也没有。坐了两个钟头的车以后,我这位大人就

---

① 俄语:酒馆。

给领进一个别墅的楼下,安置在一个不大的、很畅快的、糊着淡蓝色壁纸的房间里。

我晚上还是跟先前一样失眠,可是到早晨我不再醒着,听我妻子讲话,却躺在床上了。我没睡,可是处在一种似睡非睡的状态中,半昏半醒,自己知道不是在睡觉,却又在做梦。我一直睡到中午才起床,拗不过习惯的力量,仍旧靠着桌子坐下来,可是我不再工作,只翻看卡嘉送来的黄色封面的法国小说作为消遣。当然,看俄国作家的书才更富于爱国精神,可是我得承认,我对俄国作家没有什么特别的好感。除了两三个老作家以外,今天我们的一切文学依我看来都不是文学,而是一种特别的手工业成品,只为了获得鼓励才存在,偏偏大家又不愿意买这类成品。在这些家庭手工业的成品当中就连顶好的也不能说有什么了不起,要真心称赞它而不加个"但是",那是办不到的。关于近十年或者十五年来我所读过的新的文学作品,也应该这样说:其中没有一本是了不起的,不管哪一本书,称赞起来总少不了加个"但是"。它们有隽永,有高尚,却缺乏才气;有才气,有高尚,却又缺乏隽永;或者最后,有才气,有隽永,却又缺乏高尚。

我不是说法国书又有才气、又有隽永、又有高尚。它们也并没满足我。不过它们不像俄国书那么沉闷,而且在那些书里往往可以找到艺术创造的基本要素:个人自由的感觉,这却是俄国作家所缺少的。我想不起有哪一本新书,作者不是从第一页起就极力用种种世俗的偏见和种种对良心的束缚把自己包紧。有的人不敢提到裸体,有的人死命地钻进心理分析,有的人认为必须"对人类有热情的态度",有的人故意整页整页地描写自然,免得被人疑心他的写作有倾向……有的人一心要在自己作品里装得是个平民,有的人却要装做贵族,等等。那些书里有处心积虑,有步步小心,有四平八稳,可是既没有自由,也没有要写什么就写什么的勇气,因此也就谈不上创造。

这些话指的是所谓的美文学。

契诃夫小说选集

讲到俄国那些社会学的、艺术的等等的严肃论文，我纯粹因为胆怯而不敢读。不知什么缘故，我在儿童时代和少年时代害怕看门人和戏院里的验票员，这种畏惧一直留存到今天。直到现在我也还是怕他们。据说，只有我们不理解的事，我们才害怕。的确，为什么看门人和戏院验票员那么神气，那么傲慢，那么庄严而粗鲁，那是很难理解的。我一读那些严肃的论文就准会感到同样的、意义不明的恐惧。那种非同小可的自命不凡、那种大将军一样的戏弄口吻、那种对外国作家过分随便的态度、那种一本正经净说废话的本事，都使我不能理解，觉得可怕。这跟我读我们那些医学作家和自然科学家的作品的时候所常见到的谦虚、文雅、平和的口吻完全不同。不但论文是这样，就是俄国严肃的人们所翻译的或者编纂的作品我也一样读不下去。序言的夸耀的教诲口气、译者所加的过多的注解，妨碍我聚精会神地阅读正文。在所有论文或者书本中由慷慨的译者所加的许多带括弧的问号和 sic①,依我看来,对作者个人也好,对我作为读者的独立自主地位也好,都是一种侵犯。

有一回我被人请到地方法院里去做鉴定人。在休息时间,另一个鉴定人,我的同事,叫我注意检察官对待被告是多么粗暴,被告中有两个是有知识的妇女。我就回答同事说,检察官的态度比严肃论文的作者们彼此相待的态度不见得更粗暴,我觉得我这话一点也没夸大。实在,他们的态度是那么粗暴,一谈起来就不能不痛心。他们相互间的态度和他们对待所批评的作家的态度,要就不顾自己的尊严,过分捧场,要就刚好相反,比我在这札记中和思想中对我将来的女婿格涅凯尔的蔑视还要放肆得多。动不动就骂人家不负责任,骂人家居心不正,甚至骂人家犯了种种罪行,已经成了严肃论文照例的装饰品。这正好应了年轻的医学

---

① 拉丁文:原文如此。

工作者在论文里所喜欢说的那句话,ultima ratio①！这种作风无可避免地要影响年轻一代的作家的性情,因此在近十年或者十五年来我所看到的文学新著中男主人公往往喝很多的白酒,女主人公不十分贞节,我也就一点也不觉着奇怪了。

我读法国书,眺望敞开的窗子外面。我看见花园里用尖头木棍编成的栅栏和两三棵瘦树,还看见远处栅栏外面的道路、田野以及宽阔的针叶树林地带。我常常愉快地瞧着两个头发金黄、衣服破烂的小男孩和小女孩爬上花园栅栏,笑我的秃顶。在他们亮晶晶的眼睛里,我读到:"瞧,那个秃头!"恐怕只有他们这两个人才不把我的名望和品位放在心上。

现在我不是每天都有客人了。我只想提一提尼古拉和彼得·伊格纳捷维奇的来访。尼古拉通常总是遇到假期才到我这儿来,仿佛是来接洽什么公务似的,其

---

① 拉丁文:最后的论据。

实多半是为了来看望我。他来的时候喝得醉醺醺的,以前他在冬天从来没有这样醉过。

"你有什么事要说吗?"我走出去,在门厅里迎着他问道。

"大人!"他说,把手按住胸口,带着爱人的那种痴迷神情瞧我,"大人!求上帝惩罚我!让雷当场劈死我吧!Gaudeamus egitur juventus①!"

他热烈地吻我的肩膀、袖子、钮扣。

"我们学校里事情都很顺当吗?"我问他。

"大人!求上帝做我的审判官……"

他完全没有必要地不住赌咒,不久就弄得我厌烦了。我就打发他到厨房去,由他们招待他吃饭。彼得·伊格纳捷维奇到了假日也特意到我家来看我,跟我谈一谈他的思想。他通常坐在我房间里一张桌子旁边,谦虚,整洁,规矩,不敢跷起脚来,也不敢把胳膊肘

---

① 这是一首古老的大学生的歌的第一句歌词,被篡改了,原文为拉丁文,意思是"我们趁着年轻,快快活活吧"。

支在桌子上。他用轻轻的、平和的小声音对我谈起他在杂志和小册子上读到的依他看来十分有趣而尖刻的各种消息,声调四平八稳,文绉绉的。那些消息彼此相像,可以归结成这样一个格式:一个法国人发现了一种新东西,另外一个德国人驳斥他,证明早在一八七〇年已经有一个美国人发明过,另外有个第三者,也是德国人,比他俩都厉害,证明他俩都出了丑,在显微镜底下把气泡错看成黑色素了。彼得·伊格纳捷维奇即使在有意逗我笑的时候,也还是讲得冗长详尽,好像宣读学位论文,详细地举出他是从哪一篇文章上看来的,极力不说错刊物的日期、号数、有关的人名,而且一提到人名绝不简单地说一声贝蒂,必得说让·惹克·贝蒂①。有时候他留在我们这儿吃饭,于是这一顿饭的工夫他不住地讲那种有趣的故事,弄得所有吃饭的人都烦闷无聊。要是格涅凯尔和丽莎在他面前谈起赋格曲和对

---

① 贝蒂(1674—1750),法国外科医学家。

位法,谈起布拉姆斯和巴哈,他就谦虚地垂下眼帘,窘得什么似的。他觉着难为情,因为在他和我这样严肃的人面前居然有人谈起这种无聊的东西。

照我眼前这样的心境,只要他在我面前待上五分钟就足能惹得我厌烦,倒好像我看他,听他,已经足足有了一万年似的。我讨厌这个可怜的家伙。他那轻柔平稳的嗓音和文绉绉的话语使得我无精打采,他的故事听得我发呆……他对我存着一片好心,跟我讲话纯粹是凑我的高兴。我对他的报答却只是呆瞪瞪地瞧着他,仿佛要对他使催眠术似的,同时心里想着:"走吧,走吧,走吧……"可是他对我的心愿不理不睬,紧自坐下去,坐下去,坐下去……

他坐在我面前的时候,我总摆脱不了一种想法:"说不定我一死,他就奉派接替了我的位子。"于是我那可怜的讲堂在我的幻想中就成了一片泉水干涸的绿洲。我对彼得·伊格纳捷维奇很不客气,一句话也不说,生气,倒好像我有这种思想不该怪我自己,却该怪

他不对似的。每逢他照例开口称赞德国科学家,我却不再照往常那样好意地开一句玩笑,只没好气地嘟哝一句:

"您那些德国人都是些蠢驴……"

这很像去世的尼基塔·克雷洛夫①教授当初在雷瓦尔跟彼罗戈夫②一块儿洗澡的时候嫌水太凉,生气了,骂道:"这些混蛋的德国人!"我对彼得·伊格纳捷维奇的态度很不好,直到他走了,我从窗口看见他那顶灰色的帽子在花园栅栏外面一闪一闪,我才想叫住他,说:"原谅我,我的好人!"

现在我们吃饭比在冬天还要无聊。我现在痛恨而且看不起的格涅凯尔差不多天天跟我一块儿吃饭。我往常瞧见他在座,总还一声不响地忍着,现在我却对他说些挖苦的话,招得我妻子和丽莎脸都红了。我压不住满腔的恶意,常常说些简直很愚蠢的话,自己也不知

---

① 克雷洛夫(1807—1879),俄国法律学家。
② 彼罗戈夫(1810—1881),俄国外科医学家。

道为什么会说出那种话来。比方,有一回,我带着轻蔑的心情对格涅凯尔凝神瞧了很久,忽然无缘无故地念起来:

> 有时候老鹰比公鸡飞得还低,
>
> 可是公鸡绝飞不上天去……①

顶气人的是公鸡格涅凯尔却显得比老鹰教授还要聪明。他知道我的妻子和女儿站在他那一边,就使出一种手段,用傲慢的沉默回答我的讥刺(仿佛在说:"这老家伙昏了头……何必跟他多费话呢?"),要不然他就好意地拿我开一句玩笑。真应该奇怪:人会无聊到这种程度!吃饭的时候我居然始终幻想着格涅凯尔会怎样露出冒险家的真面目,我妻子和丽莎会怎样看出自己的错误,我会怎样讪笑她们。到了我这种年纪,一只脚已经踏进坟墓了,还会有这么荒唐的幻想!

近来家里出了一种误会,这一类的误会我从前是

---

① 这两句诗出自俄国作家克雷洛夫的寓言《鹰与公鸡》。

只凭道听途说才有所体会的。不管我提起这种事会多么难为情,我还是要写出一次这类的争吵,那是在有一天吃过饭后发生的。

我坐在我的房间里,正在抽烟斗。我妻子照例走进来,坐下,开口说道:趁现在天气暖和,我又空闲,要是我肯到哈尔科夫去走一趟,打听一下我们的格涅凯尔是个什么样的人,那倒挺好。

"好吧,我去就是……"我同意道。

我妻子对我很满意,站起来,往门口走去,可是立刻回转身来说:

"顺便提一下,另外还有一个请求。我知道你会生气,可是我有责任忠告你……对不起,尼古拉·斯捷潘内奇,你上卡嘉家里去得太勤,我们所有的邻居和熟人已经在纷纷议论了。我不否认,她聪明,受过教育,跟她在一块儿也许挺痛快,不过你知道,依你这年纪,照你的社会地位,你跟她在一块儿会觉着愉快,那就未免奇怪了……再说,她那名声是那么……"

所有的血猛然从我的脑子里涌出来,我的眼睛里冒出火星。我跳起来,抱住头,顿着脚,用一种不像是我自己的声音嚷道:

"躲开我!躲开我!躲开!"

大概我的脸色可怕,嗓音奇怪,因为我妻子忽然脸色发白,用一种也不像是她自己的声音绝望地高声尖叫起来。听见我们喊叫,丽莎、格涅凯尔,然后叶戈尔……都跑进来了。

"躲开我!"我叫道,"走开!躲开我!"

我的腿发麻,仿佛两条腿根本没有了似的。我觉着自己倒在一个什么人的怀里,随后还听得见哭声,不过只听见一会儿就晕过去了,有两三个钟头不省人事。

现在说一说卡嘉。每天将近傍晚她总来看我,当然邻居和熟人都难免注意到。她来一会儿,就带我出去坐上马车游逛。她自己有一匹马,有一辆新马车,都是今年夏天买下的。总之,她生活得很阔绰:租下一个华贵的大别墅,外带一个大花园,把城里的家具都搬

来,用了两个女仆和一个车夫……我常问她:

"卡嘉,你把父亲的钱挥霍完了以后怎么过下去啊?"

"到那时候再说吧。"她回答。

"那笔钱,我的朋友,应当受到比较严肃的对待才对。那是由一个好人靠了正直的劳动挣来的。"

"这话您先前已经跟我说过。我知道了。"

起初我们坐车走过原野,随后又走过从我的窗口可以看见的那一片针叶树林。在我的眼睛里,大自然显得跟往常一样美丽,只是有一个魔鬼凑在我的耳边悄悄说:这些松树、枞树、鸟雀、天空的白云,等我过三四个月死了以后,对我的去世却不会在意。卡嘉喜欢赶车。天气好,又有我坐在她身旁,她觉着很愉快。她兴致好,没说尖刻的话。

"您是个很好的人,尼古拉·斯捷潘内奇,"她说,"您是一个天下少有的人,没有一个演员会演您的角色。比方拿我或者米哈依尔·费奥多罗维奇来说,就连坏演员都演得来,可是谁也演不了您。我羡慕您,非常羡慕您!您看,我算是什么呢?什么呢?"

她想了一会儿,然后问我:

"尼古拉·斯捷潘内奇,我不是一种否定的现象吗?对吗?"

"对了。"我回答。

"嗯!……那我该怎么办呢?"

我拿什么话回答她呢?说一声"工作吧",或者"把家财散给穷人吧",或者"了解一下你自己吧",那倒是容易的。惟其说起来容易,我倒不知道该回答什么话好了。

我的同事们,那些治疗学家,在教治疗学的时候,总是劝人"分别处理个别的病例"。人必得听从这种忠告,才能相信教科书里作为范例而推荐的最好的、最适宜的治疗法在个别病例中往往完全不适用。在精神的病症方面,情形也是一样。

可是总得回答一句话才成,我就说:

"你的空闲时候太多了,我的朋友。你总该干点什么才好。真的,如果演戏是你的本行,为什么你不去重做演员呢?"

"我办不到。"

"听你那口气,看你那态度,倒好像你是个遭了难的人似的。我不喜欢这样,我的朋友。这得怪你自己不好。记住,你开始恼恨一般的人和事了,可是你从没做过什么事来对人和事加以改进。你并没有向坏现象做斗争,你只是厌倦了,你并不是因为斗争而遭了难,却是因为软弱才遭的难。嗯,当然,那时候你还年轻,没有经验,可是现在一切都可能有所不同了。对了,干吧!你会工作,为神圣的艺术服务……"

"请您别装模作样,尼古拉·斯捷潘内奇,"卡嘉打断我的话,"我们来一言为定,我们尽可以谈男演员、女演员、作家,可是别谈艺术。您是个少有的好人,可是对于艺术,您了解得却不多,还不能诚心诚意地认为它神圣。您对艺术缺乏感觉,也没有领略它的耳朵。

您一辈子辛辛苦苦工作,没有工夫培养那种感觉。总之……我不喜欢这样谈艺术!"她烦躁地接着说,"不喜欢! 多谢多谢,艺术已经被人弄得十分庸俗了!"

"谁把它弄得庸俗了?"

"有些人用酗酒弄得它庸俗,报纸用过分轻视的态度弄得它庸俗,聪明人呢,用哲学弄得它庸俗。"

"哲学跟这不相干。"

"有关系。谁要是唱高调,就表示他并不懂。"

为了免得惹出尖酸刻薄的话来,我就连忙改变话题,随后沉默了很久。直到我们的车子出了树林,向卡嘉的别墅走去,我才回到原来的话题上,说:

"你还是没回答我你为什么不打算去做女演员。"

"尼古拉·斯捷潘内奇,这未免太狠心了!"她叫道,忽然满脸通红,"您要我大声说出真心话吗? 既是您……您想知道,那就遵命! 我没有才能! 没有才能,只有……只有很大的虚荣心! 就是这么的!"

照这样和盘托出以后,她就背过脸去不再看我,为要遮掩手在发抖,就使劲拉缰绳。

我们赶着车走近她的别墅,远远看见米哈依尔·费奥多罗维奇在大门附近走来走去,心焦地等我们。

"那个米哈依尔·费奥多罗维奇又来了!"卡嘉烦恼地说,"把他从我这儿带走吧,劳驾!我讨厌他了,他没意思……滚他的!"

米哈依尔·费奥多罗维奇早就应当出国去了,可是他一个星期一个星期地拖下去,始终没走成。近来他起了点变化。看上去他有点瘦了,喝酒会醉了,这可是他从来没有过的。他的黑眉毛开始变白了。等到我们的马车在门口停住,他的快乐和心焦掩盖不住了。他慌忙搀扶卡嘉和我下车,匆忙地问这样问那样,笑着,搓手,往常我只在他眼睛里才看得到的那种温柔、恳求、纯洁的表情,现在洋溢到他的整个脸上了。他高兴,同时又为他的高兴不好意思,觉着自己养成习惯,天天傍晚上卡嘉这儿来盘桓一阵,也很不好意思。他觉着需得为他的来访找个明明很荒唐的借口,比方说,

"我正巧有事坐车路过,我想那就进去坐一会儿吧。"

我们三个人走进房间。起初我们喝茶,后来桌子上出现了我早就熟悉的那两副纸牌、大块的干酪、水果、一瓶克里米亚的香槟。我们的谈话内容并不新鲜,跟冬天谈的一样。我们痛骂大学、大学生、文学、戏院,空气装满这些恶意的话语,变得越发稠密闷人。现在已经不像冬天那样只有两个癞蛤蟆用呼吸来弄得空气充满毒素,而是一共有三个了。除了柔和的男中音的笑声和手风琴那样的笑声以外,那个伺候我们的女仆还听见另一个不愉快的、刺耳的笑声:"嘻嘻嘻!"就跟轻松喜剧里的将军的笑声一样……

五

有些可怕的夜晚,风雨交加,雷声隆隆,电光闪闪,民间管这样的夜晚叫做"麻雀夜"。在我个人的生活中也有过这样一个麻雀夜……

我半夜醒来,忽然跳下床。不知什么缘故,我觉着现在马上就要死了。为什么我会觉着这样呢?我的肉体并没有一点表明立刻要死的感觉,可是我的灵魂给一种恐怖压住,好像我忽然看见一大片不吉利的火光似的。

我赶紧点上灯,拿起水瓶凑着瓶口喝了点水,然后匆忙地走到敞开的窗口。外面的天气真美。空中有一股干草的气息,另外还有一种更好闻的香气。我可以看见栅栏上的尖木桩、窗旁边睡意蒙眬的瘦树、道路、一带黑树林。天空只有一个安静的、很亮的明月,没有一片云。四下里全是寂静,没有一片树叶动一动。我觉得样样东西都在瞧我,想听我怎样死掉……

这真可怕。我关上窗子,跑回床上。我摸脉搏,可是在手腕上找不着,就到太阳穴上去找,然后到下巴上找,临了又在手腕上找。我的手碰到的地方都因为出汗而发凉和发黏。我的呼吸越来越快,身子打战,五脏六腑都翻腾起来,脸上和秃顶上有一种像是粘着蜘蛛网的感觉。

怎么办呢?叫家里的人吗?不,没用处。我想不出我的妻子和丽莎走到我屋里来以后会怎么办。

我把头埋在枕头底下,闭上眼睛,等着,等着……我的背脊发凉,五脏六腑好像把背脊吸进去了,仿佛死亡果然从背后偷偷掩来了……

"叽维——叽维!"在夜晚的寂静中我忽然听见尖叫声,不知道这声音是打哪儿来的,是从我胸中发出来的呢,还是从街上传来的。

"叽维!叽维!"

我的上帝,多么可怕呀!我想再喝点水,可是睁开眼睛太可怕,我不敢抬起头来。我有一种控制不住的、动物性的恐怖。我无论如何也不明白为什么这样害怕:是因为我想活下去呢,还是因为有一种我还不知道的新痛苦在等着我?

楼上,正好在我的头顶上,有个什么人像是在呻吟,又像是在笑……我听着。不久以后,楼梯上传来了脚步声。不知什么人匆匆忙忙地走下楼来，然后又走上去了。过一分钟，又有脚步声下楼来了，有人在我的门外站住，听着。

"谁？"我叫道。

门开了。我大起胆子睁开眼睛，看见了我的妻子。她脸色苍白，眼睛上沾着泪痕。

"你没睡着吗，尼古拉·斯捷潘内奇？"她问。

"你有什么事？"

"看在上帝的面上，到丽莎那儿去看看她吧。她出了点毛病……"

"好吧……依你就是……"我喃喃地说，倒觉得很痛快，因为现在我不是孤零零一个人了，"好吧……就来。"

我跟着我的妻子走去，一路听她对我说话，可是我太激动，一个字也没听清。在楼梯上她的蜡烛洒下一朵朵明亮的光来，跳动着，我们的长影子发抖。我的腿被我的睡衣的前襟裹住，我喘得透不过气，觉着身后好像有个东西追来,极力要抓住我的后背似的。"我马上会死掉,就在这楼梯上,"我想,"我马上就会死……"可是我们走完楼梯,走过安着意大利式窗子的黑过道,走进了丽莎的房间。她坐在床上,只穿着睡衣,光脚耷拉下来,正在呻吟。

"哎呀,我的上帝!……哎呀,我的上帝!"她嘟嘟哝哝地说,给我们的烛光照得眯细了眼睛,"我受不了,我受不了……"

"丽莎,我的孩子,"我说,"你怎么了?"

看见我,她大叫一声,伸出胳膊来搂住我的脖子。

"我的亲爸爸……"她抽抽搭搭地说,"我的好爸爸……我亲爱的,我的好人……我自己也不知道我自己是怎么回事……我难过!"

她搂我,吻我,数落着她小时候我常听她说的那些亲热话。

"冷静一下,我的孩子,求上帝跟你同在,"我说,"不要哭了。我自己也难过。"

我极力给她盖上被子,我妻子给她水喝,我们俩在床旁边胡乱地忙一阵,我的肩膀碰着她的肩膀,这当儿我想起了从前我们怎样一块儿给我们的孩子洗澡。

"务必救救她吧!救救她!"我妻子恳求道,"想想办法吧!"

我有什么办法呢?我没法办。那女孩心头沉重,可是我什么也不明白,而且一点也不知道究竟是怎么回事,只能嘟哝着说:

"没什么,没什么……这会过去的……睡吧,睡吧……"

仿佛故意捣乱似的,我们屋外忽然传来狗叫的声音,那是两只狗的叫声,先还轻轻的,犹疑不定,后来却响起来。狗吠啦,猫头鹰叫啦,这类兆头我素来不认为有什么意义,可是现在我的心却痛苦地缩紧了,我连忙暗自解释这种叫声。

"没道理……"我想,"这无非是一个有机体影响了另一个有机体罢了。我的神经的极度紧张感染了我的妻子、丽莎、狗,就是这么回事……预感和先见就是用这种感染来说明的……"

过了一会儿,我回到自己的房间里给丽莎开药方,这时候我已经不再想着我马上就要死了,只是心头沉重、郁闷,使得我简直惋惜刚才没有一下子死掉。我在房中央一动也不动地站了很久,寻思该给丽莎开点什么药才好。可是楼上的呻吟声停了,我就决定索性不开药方,仍旧站在那儿……

四下里一片死气沉沉的寂静,就跟有一位作家所说的一样,沉静得甚至"耳朵里响起来了"。光阴慢慢过去,照在窗台上的一条条月光不移动位置,仿佛凝住了似的……一时天还不会亮。

可是这时候栅栏门吱吱咂咂地响,不知什么人偷偷地掩进来了,那个人在一棵瘦树上折断一根枝子,拿那根枝子轻轻地敲窗子。

"尼古拉·斯捷潘内奇!"我听见低低的说话声,"尼古拉·斯捷潘内奇!"

我开了窗子,觉得自己像在做梦:窗外,紧贴着墙,站着一个女人,穿一身黑色连衣裙,被月光照亮,张开一双大眼睛瞧着我。她脸色苍白,严厉,给月光照得不像是一张真脸,倒像是大理石做的。她的下巴在发抖。

"是我……"她说,"是我……卡嘉!"

在月光底下,凡是女人的眼睛都显得又大又黑,所有的人都显得高大、苍白。大概就是因为这个缘故,我乍一看却没有认出她来。

"你有什么事?"

"对不起,"她说,"不知什么缘故,我忽然觉着难过得受不了……我受不住,就上这儿来了……您的窗子里有灯亮,我……我就大胆敲了敲窗子……请您原谅……唉,您再也不知道我有多么难过! 您刚才在做什么?"

"没做什么……我失眠。"

"我有一种预感。可是,那是胡思乱想。"

她的眉毛拧起来,眼睛里含着泪水而发亮,整个脸上像添了一抹亮光似的忽然闪着我很久没看到的那种熟悉的信任神情。

"尼古拉·斯捷潘内奇!"她恳求地说,向我伸出两只手,"珍贵的朋友,我求求您……我央求您……要是您不小看我对您的友情和尊重,那就请您答应我的要求!"

"什么事?"

"请您把我的钱拿去!"

"得了吧!你这是在胡想什么呀!我干吗要拿你的钱呢?"

"您到什么地方去治一治病吧……您应当医好您的病。您肯收下那笔钱吗?肯吗?亲爱的,肯吗?"

她热烈地瞧着我的脸,再说一遍:

"行吧?您肯收下吧?"

"不,我的朋友,我不要……"我说,"谢谢你。"

她背转身去,低下头。大概我用那样的口吻拒绝她,使得钱方面的话没法再讲下去了。

"你回家去睡吧,"我说,"我们明天见面好了。"

"这样说来,您不把我看做您的朋友吗?"她垂头丧气地问。

"我没说这种话。不过你的钱现在于我没有什么用处。"

"请您原谅……"她说,她的声调低了整整一个音阶,"我明白您的意思……领一个我这样的人的情……领一个退休的女演员的情……那是……不过,再见吧……"

她很快地走了,我都没来得及对她说再会。

六

我到了哈尔科夫城。

既然要扭转我目前的心境是白费劲,而且也不是我的力量所能办到的,我就决心让我一生中最后这段日子至少在外表上不要有受人指摘的地方。要是我对家里人的态度不正确（这我是充分感到的），那就至少极力依她们的意思办事吧。既然要我到哈尔科夫来，来一趟就是。再说，近来我对一切事情都不大在意，因此，到哈尔科夫来也好，上巴黎去也好，到别尔季切夫去也好，对我来说简直都一样。

我是在中午十二点钟来到此地的，在一个离大教堂不远的旅馆里住下来。火车颠得我头晕，过堂风吹得我着了凉，现在我坐在床上，双手捧着头，等着颜面痉挛病发作。我今天本来应该去看几个我认识的教授，可是我既没那种兴致，也没那份力气了。

一个年老的旅馆仆役走进来问我带来床单没有。我留住他五分钟，问了好几个关于格涅凯尔的问题，我就是为了他才上这儿来的。原来这仆役正是哈尔科夫本地的人，对这个城就跟对自己的五个手指头那么熟悉，可是记不得有姓格涅凯尔的人家。我问起那庄园，回答也一样。

过道上的钟敲了一下，后来两下，再后三下……我觉得我一生中最后的等死的这几个月好像比我的一辈子还要长得多。时间过得这么慢,换了在从前,我绝不能像现在这样的定心。从前坐在火车站等车,或者在试场里坐着,一刻钟就好比一万年。现在我却能通宵坐在床上,一动也不动,完全淡漠地想着明天晚上也会这么长,也会这么没有光彩,后天也一样……

过道上,钟敲了五下,六下,七下……天黑下来了。

我的脸上起了一种酸麻的疼痛,这是颜面痉挛病发作了。为了叫我自己思索,我就用当初我还不淡漠时候的旧观点,暗自问道:为什么我这么一个名人,一个枢密顾问官,来到这旅馆的一个小小的房间里,坐在铺着一条陌生的灰色被子的床上?为什么我眼睛瞧着这便宜的白铁脸盆,耳朵听着过道上那架破钟的刺耳的声音?难道这跟我的名望,我在众人当中的崇高地位相称吗?我用冷冷的一笑来回答这些问题。我想起我年轻时候那种天真实在好笑,那时候我夸大名望的意义,夸大名人大概会享受到的超出常人的地位。我有名,我的名字被人尊敬地念着,我的照片登在《田地》杂志和《世界画报》上。我甚至在一份德国杂志上看到过我的传记文章。这些究竟有什么道理呢?眼下,我孤孤单单一个人,待在一个陌生的城里,坐在一张陌生的床上,用手掌揉我的酸痛的脸颊……家庭的口角啦,债主的铁石心肠啦,火车服务员的粗鲁啦,护照制度的不方便啦,食堂饭食的昂贵和不卫生啦,一般人的无知和相互间的粗鲁态度啦,所有这些,再加上此外许许多多数也数不尽的烦恼,对我的影响并不下于对声名不出自己所住的小巷的任何一个市民的影响。我的超出常人的地位又表现在什么地方呢?姑且承认我的名气大极了,我是我的祖国引以为荣的英雄,所有的报纸也确实都登载我的病况,邮局已经送来我的同事、学生、社会人士的慰问信,可是这一切并不能挽救我不孤身一人痛苦地死在异乡的床上……当然,这是不能责怪任何人的,可是我这个有罪的人却不喜欢我的遐迩皆知的名字。我觉得它好像骗了我似的。

到十点钟光景,我睡着了。尽管颜面痉挛病发作,我还是睡得挺香,要不是人家叫醒我,我会睡得很久。到一点多钟,忽然有人来敲门。

"谁?"

"电报!"

"你尽可以明天再送来,"我从旅馆仆役手里接过电报来,生气地说,"这样一来,我就再也睡不着了。"

"对不起。您的灯亮着,我当是您还没睡觉。"

我撕开电报的封口,先看一看下款:是我妻子打来的。她有什么事呢?

> 昨日格涅凯尔已与丽莎秘密举行婚礼。速归。

我看着电报,只吃惊了不大一会儿。使我吃惊的倒不是格涅凯尔和丽莎的行为,而是我听到他们结婚消息后的这种淡漠心情。据说哲学家和真正的圣贤都是淡漠的。这话不对,淡漠是灵魂的麻痹,提早的死亡。

我又在床上躺下,极力让我的脑子里有思想的活动。想点什么好呢?仿佛一切事情都已经想过,现在没有什么事情可以激起我的思想了。

等到天亮,我就在床上坐起来,用胳膊搂着膝盖。为了消磨光阴,我极力了解我自己。"了解你自己"是很好的、有益的忠告。只可惜古人从没想到指示我们用什么方法来实行这个忠告。

以前每逢我有心了解别人或者我自己,所考虑的总不是行动,行动是受各种条件制约的,我考虑的是欲望。告诉我你要什么,我就可以说出来你是个什么样的人。

现在我就考问自己:我要什么呢?

我希望我们的妻子、孩子、朋友、学生不要着眼于我们的名望,不要着眼于招牌和商标而爱我们,要跟爱普通人一样地爱我们。另外还有什么呢?我希望有帮手和继承人。此外呢?我希望过上大约一百年以后醒过来,至少让我用一只眼睛瞧一下科学成了什么样子。我希望再活十年……还有什么呢?

此外什么也没有了。我想了又想,想了很久,什么也想不出来。不管我怎样费力地想,也不管我把思路引到什么地方去,我清楚地觉得我的欲望里缺乏一种主要的、一种非常重大的东西。我对科学的喜爱、我要生活下去的欲望、我在一张陌生的床上的静坐、我想了解自己的心意,凡是我根据种种事情所形成的思想、感情、概念,都缺乏一个共同点来把它们串联成一个整体。我的每一种思想和感情在我心中都是孤立存在的。凡是我对科学、戏剧、文学、学生所抱的见解,凡是我的想象所画出来的小小画面,就连顶精细的分析家也不能从中找出叫做中心思想或者活人的神的那种东西来。

可是如果缺乏这个,那就等于什么都没有。

在这样的贫乏下,只要害一场大病,只要有了对死亡的畏惧,只要受到环境和人们的影响,就足以把我从前认为是世界观的东西,我从中发现我的生活意义和生活乐趣的东西,一齐推翻,打得粉碎。因此也难怪我会用那些只有奴隶和野人才配有的思想和感情把我一生中最后这几个月弄得十分暗淡,到了现在,冷冷淡淡,连黎明的曙光也无心去看了。如果一个人缺乏一种比外界的一切影响更高超更坚强的东西,那么当然,只要害一回重伤风就足以使他失去常态,一看见鸟就认为是猫头鹰,一听见声音就以为是狗叫。在这种时候,所有他的乐观主义或者悲观主义以及他的伟大的和渺小的思想,就只有病征的意义,没有别的意义了。

我垮了。既是这样,那么多想也无益,多谈也没用了。那就坐着,默默地等着看随后会发生什么事好了。

到早晨,仆役给我送茶来,带来一份当地的报纸。我随意看一看第一版的广告、社论、报纸和杂志的摘要、新闻……除了别的以外,在新闻中我找到这样一段消息:"我们的著名学者,著名教授尼古拉·斯捷潘诺维奇昨日乘特别快车到达哈尔科夫,住在某某旅馆。"

显赫的名字分明是为了脱离具有这个姓名的本人而独立生活才存在的。现在,我的名字就正在哈尔科夫城里心平气和地散步。过上三个月光景,这名字会用金字刻在墓碑上,跟太阳那么亮,而到那时候,我自己却已经埋在青苔底下了……

门上有人轻轻地敲着。不知什么人要见我。

"是谁?请进!"

门开了,我惊奇得往后直退,赶紧把身上睡衣的前襟裹一裹紧。原来站在我面前的是卡嘉。

"您好,"她说,因为走上楼来而有点气喘,"您没料到吧?我……我也上这儿来了。"

她坐下来,眼睛没看我,结结巴巴地说下去:

"您为什么不理我?我也来了……今天到的……我打听出来您住在这家旅馆里,就来看您。"

"见着你,很高兴,"我说,耸一耸肩膀,"可是我觉着奇怪……你好像是从天上掉下来的。你到此地来干什么?"

"我吗？就是这么的……兴头一起，就来了。"

沉默。冷不防她猛然站起来，向我走过来。

"尼古拉·斯捷潘内奇！"她说，脸白了，把手按着胸口，"尼古拉·斯捷潘内奇，我照这样再也活不下去了！不行了！看在上帝的面上赶快告诉我，这分钟就告诉我：我该怎么办？请您告诉我，我该怎么办呢？"

"我怎么说得出呢？"我迷糊地说，"我是无能为力的。"

"我求求您，请您告诉我！"她接着喘吁吁地说，周身打抖，"我向您赌咒：我照这样子再也活不下去了！我支持不住了！"

她往椅子上一坐，抽抽搭搭哭起来。她把头往后扬，绞着手，顿着脚。她的帽子从头上掉下来，吊在帽带上，头发散了。

"帮帮我！帮帮我吧！"她求我，"我活不下去啦！"

她从旅行袋里拿出一块手绢，随着手绢带出来好几封信，从她的膝头掉到地板上。我从地板上捡起那些信,在其中的一封信上认出是米哈依尔·费奥多罗维奇的笔迹,而且无意中读到两个字:"热烈……"

"我想不出什么话来跟你说,卡嘉。"我说。

"帮帮我!"她抽抽搭搭地说,抓住我的手,吻我的手,"要知道,您是我的父亲,我的唯一的朋友!您本来就聪明,又受过教育,活了这么大岁数!您做过教师!请您告诉我,我该怎么办呢?"

"说真的,卡嘉,我不知道……"

我茫茫然,慌了手脚,给她哭得心乱了,站都站不住了。

"我们吃早饭去吧,卡嘉。"我说,勉强笑一笑,"别哭了!"

立刻我又用有气没力的声音说:

"我不久就要死了,卡嘉……"

"只说一句,只说一句吧!"她哭着,向我伸出手来,"我该怎么办呢?"

"你也真是个怪姑娘……"我喃喃地说,"我不懂!

这么明白的人,忽然间哇哇地哭了……"

随后是沉默。卡嘉理一理头发,戴上帽子,然后把信团起来,往旅行袋里一塞,这些事她做得从从容容,一声不响。她的脸、胸、手套,都沾着泪痕,湿了,可是脸上的表情却干巴巴的,冷峻了……我瞧着她,想到我比她快活,不由得觉着惭愧。我是直到临死以前不久,直到我一生中的残年,才发现我自己缺乏我那些朋友,哲学家,所说的中心思想的,可是这可怜的姑娘的灵魂却素来没安宁过,而且此后,一辈子,一辈子也休想安宁了!

"我们吃早饭去吧,卡嘉。"我说。

"不了,谢谢。"她冷冷地回答。

又在沉默中过了一分钟。

"我不喜欢哈尔科夫,"我说,"这儿很灰色。这是一个相当灰色的城。"

"对了,也许吧……这儿丑恶。……我在这儿不会待得久……我是过路。我今天就走了。"

"上哪儿去?"

"到克里米亚去……那就是说到高加索去。"

"原来是这样。去很久吗?"

"我不知道。"

卡嘉站起来,冷冷地笑一笑,眼睛没看着我,向我伸出手来。

我想问她:"那么你不来参加我的葬礼了?"可是她的眼睛不看我,她的手冷冰冰,跟生人的手一样。我默默地送她到门口……于是她离开我,走出去,顺着长过道走了,头也不回。她知道我在瞧她的背影。多半走到转弯地方,她会回头看一眼的。

不,她没有回头看。她的黑色连衣裙最后闪了一下,脚步声就听不见了……再会,我亲爱的!

马　姓

退役的陆军少将布尔杰耶夫牙痛得厉害。他用白酒漱口,用白兰地漱口,在病牙上敷烟油子、鸦片、松节油、煤油,在脸上搽碘酒,在耳朵里塞上浸过酒精的棉花,然而所有这些办法要么无济于事,要么惹得他要呕吐。医生来了。他挖了挖那颗牙,指定他服奎宁,可是这也还是无效。医生提议拔掉病牙,然而将军一口回绝了。所有的家人,包括他的妻子、儿女、仆人,以至厨师的帮工彼契卡,都提出各自的办法。此外布尔杰耶夫的管家伊凡·叶甫塞伊奇也到他这儿来,劝他请人念咒语治一下。

"这儿,在我们县里,老爷,"他说,"十年前有过一个收税员亚科甫·瓦西里伊奇。他念咒止牙痛,称得起是头一流的能手。他常常扭过脸去对着小窗子,嘴里念念有词,啐口唾沫,牙痛就全消了!上帝赐给他这么一种力量。……"

"那么现在他在哪儿?"

"自从他被裁掉,不再做收税员以后,他就搬到萨拉托夫城去,住在他岳母家里。现在他光靠给人念咒止牙痛糊口。要是有人牙痛,就到他那儿去,一念咒就灵。……凡是萨拉托夫城的人,他就在自己家里医治;如果别的城里有人要治牙痛,他就打电报治。您,老爷,给他打个加急电报去,说明如此这般……就说上帝的奴隶阿历克塞牙痛,请予医治。至于医疗费用,您就交邮局汇去。"

"胡说!这是骗钱的勾当!"

"您不妨试一试,老爷。他是个很爱喝白酒的人,而且不跟妻子在一起生活,却跟一个日耳曼女人同居,他常常骂人,然而可以说,他是个神通广大的先生!"

"那你就打个电报吧,阿辽沙①!"将军夫人恳求道,"你不相信念咒止牙痛,可是我亲身经历过。就算你不相信,可是何妨试一试呢?反正你的手也不会因为写个电报就掉下来。"

"嗯,好吧,"布尔杰耶夫同意说,"现在不要说给收税员打电报,就是给魔鬼打电报我也干。……哎哟!我受不了!喂,你那个收税员住在哪儿?给他打电报该怎么写?"

将军在桌旁坐下,把钢笔拿在手里。

"萨拉托夫城里每一条狗都认识他,"管家说,"所以您,老爷,只要写上萨拉托夫城就能寄到。……您再写寄交亚科甫·瓦西里伊奇先生……先生。……"

"他的姓呢?"

---

① 阿历克塞的爱称。

"瓦西里伊奇……亚科甫·瓦西里伊奇……至于他的姓……瞧,我忘了他姓什么了!……瓦西里伊奇。……见鬼。……他到底姓什么呢?刚才我到这儿来的时候,还记得他的姓呢。……请您容许我想一想。……"

伊凡·叶甫塞伊奇抬起眼睛来望着天花板,努动嘴唇。布尔杰耶夫和将军夫人焦急地等着。

"是啊,姓什么?快点想啊!"

"我马上就会想出来。……瓦西里伊奇……亚科甫·瓦西里伊奇。……我忘了!其实那是个极其普通的姓……仿佛跟马有关系。……是柯贝林①吗?不,不是柯贝林。……等一等。……莫非是热列勃佐夫②?不对,也不是热列勃佐夫。我记得,那个姓跟马有关系,然而到底姓什么,却忘得一干二净了。……"

---

① 这个姓是从俄语 кобыла(音译"柯贝拉",意思是"母马")一词演变来的,下文中提到的"公马""公马肉"等也属这种情况。
② 公马。

教 师 集

"是热列比亚特尼科夫①吧?"

"不对,老爷。……您等一等。……柯贝里曾②……柯贝里亚特尼科夫③……柯别列夫④。……"

"这成了狗姓,而不是马姓了。是热列勃契科夫⑤?"

"不,也不是热列勃契科夫。……洛沙季宁⑥……洛沙科夫⑦……热列勃金⑧。……这都不对!"

"哎,那我该怎样给他打电报呢?你细细想一想!"

"我马上就想出来。……洛沙德金⑨……柯贝尔金⑩……柯连诺依⑪。……"

---

① 公马肉。
② 牝马。
③ 母马肉。
④ 公狗。
⑤ 小公马。
⑥ 马。
⑦ 骡。
⑧ 怀胎的马。
⑨ 小马。
⑩ 小母马。
⑪ 辕。

"是柯连尼科夫①吧?"将军夫人问。

"不是,夫人。普利斯嘉日金②……不,不对!我忘了!"

"见你的鬼,既是你忘了,为什么还要跑来出主意?"将军气愤地说,"你给我走开!"

伊凡·叶甫塞伊奇慢腾腾地走出去。将军捧住脸,在房间里走来走去。

"哎哟,圣徒呀!"他哀叫道,"哎哟,妈呀!哎哟,我痛得什么也看不见了!"

管家走进园子,举起眼睛望着天空,开始回想收税员的姓:

"热列勃契科夫……热列勃科夫斯基③……热列卞科④……不,不对!洛沙津斯基⑤……洛沙杰维

---

① 辕马。
② 拉套的马。
③ 孕马。
④ 驹。
⑤ 马。

奇①……热列勃科维奇②……柯贝梁斯基③……"

过了一会儿,他又给叫到主人那儿去。

"想起来了吗?"将军问。

"没有,老爷。"

"也许是柯尼亚甫斯基④?洛沙德尼科夫⑤?不对吗?"

于是这所房子里的人都争先恐后地想出一个个姓来。他们逐一提到马的各种年龄、性别、品种,还想起马鬃、马蹄、马具。……在正房里,园子里,仆人的下房里,厨房里,人们从这个墙角走到那个墙角,搔着额头,寻找那个姓。……

他们不时把管家叫到正房里去。

---

① 马。
② 公马。
③ 母马。
④ 军马。
⑤ 坐骑。

"是达布诺夫①吗?"他们问他说,"那么是柯贝青②? 是热列勃夫斯基③?"

"不是,老爷,"伊凡·叶甫塞伊奇回答说,抬起眼睛,继续把心里想的说出口来,"柯年科④……康倩科⑤……热列别耶夫⑥……柯贝列耶夫⑦。……"

"爸爸!"从儿童室里发出喊叫声,"特罗依金⑧! 乌兹杰奇金⑨!"

整个庄园里闹得鸡犬不宁。将军着急,痛苦,悬了赏,说是谁能想出那个真正的姓,就给谁五个卢布。于是在伊凡·叶甫塞伊奇身后尾随着一群一群的人。……

---

① 马群。
② 大蹄的马。
③ 怀孕的马。
④ 马驹。
⑤ 小马。
⑥ 孕马。
⑦ 母马。
⑧ 马车。
⑨ 马勒。

"格涅多夫①!"有人对他说,"雷西斯泰②!洛沙季茨基③!"

可是傍晚来了,那个姓仍然没有找到。电报没有发出,大家就这样上床睡觉了。

将军通宵没有睡觉,从这个墙角走到那个墙角,哼哼唧唧。……半夜两点多钟,他从正房里走出去,到管家的住处,敲了敲他的窗子。

"是不是美利诺夫④?"他用哭泣的声调问道。

"不,不是美利诺夫,老爷。"伊凡·叶甫塞伊奇回答说,负疚地叹口气。

"可是,这也许不是马姓,而是别的什么姓吧!"

"我说的是实话,老爷,那是马姓。……我甚至记得很清楚。"

---

① 枣红色的马。
② 快马。
③ 马匹。
④ 阉马。

"你啊,老兄,记性也太差了。……现在对我说,这个姓似乎比世界上一切东西都宝贵。我痛苦极了!"

第二天早晨将军又打发人去请医生。

"让他把牙拔了吧!"他决定说,"我再也没有力量忍受了。……"

医生坐着马车来临,把那颗病牙拔掉了。疼痛马上消除,将军定下心来。医生做完工作,收下他的劳动应得的报酬,坐上他的四轮马车,回家去了。在大门外原野上,他遇见了伊凡·叶甫塞伊奇。……管家在大路边上站着,聚精会神地瞧着脚旁边,正在想什么心思。从他额头上刻着的一条条皱纹来看,从他的眼神来看,他的思想紧张而痛苦。……

"布拉诺夫①……切烈塞杰尔尼科夫②……"他喃

---

① 淡黄色的马。
② 马肚带。

喃地说,"扎苏波宁①……洛沙德斯基②。……"

"伊凡·叶甫塞伊奇!"医生对他说,"我,好朋友,可以在您这儿买五俄石③的燕麦④吗?我们那儿的农民倒也卖给我燕麦,可是那些燕麦太差。……"

伊凡·叶甫塞伊奇呆瞪瞪地瞧着医生,不知什么缘故古怪地笑一笑,一句话也没回答,把两只手一拍,往庄园跑去,跑得那么快,好像身后追来一条疯狗似的。

"我想出来了,老爷!"他跑进将军的书房,快活地叫道,嗓音都变了,"我想出来了,求上帝保佑那个大夫身体健康吧!奥甫索夫⑤!那个收税员就是姓奥甫索夫!奥甫索夫,老爷!您就给奥甫索夫打加急电报吧!"

"去你的!"将军轻蔑地说,对着他的脸做了两次侮辱的手势,"我现在用不着你的马姓!去你的吧!"

---

① 辄带。
② 马匹。
③ 旧俄容量单位,1俄石等于209.91公升。
④ 马的饲料。
⑤ 在俄语中,这个姓与燕麦读音相近。

一件糟糕的事

类似长篇小说的作品

事情是远在去年冬天开始的。

那天举行舞会。音乐震天价响,枝形烛架都点亮,男舞伴们兴致勃勃,始终没有泄气,小姐们尽情享受生活。大厅里的人在跳舞,房间里有人打牌,饮食部里少不得有人喝酒,阅览室有人谈情说爱,情意绵绵。

金发姑娘辽丽雅·阿斯洛夫斯卡雅却似乎故意跟所有的人,跟全世界,跟她自己作对,独自一人坐在那儿生闷气。她有着圆滚滚的身材、绯红的脸颊、天蓝色的大眼睛、极长的头发,身份证上标明数目字"二十六"①。她的心像是被好几只猫抓挠着。问题在于男人们对她的态度可恶透了。特别是近两年来,他们的举止简直吓人。她发觉他们不再把她放在眼里。他们已经不乐意同她跳舞。事情还不止如此。他们那些混蛋,走过她面前,连看都不看她一眼,仿佛她已经不是美人儿了。即使有人偶然间,无意中瞥她一眼,他的眼光也没露出惊讶,更没现出痴迷,却随随便便,如同吃饭前看着加奶油的大馅饼或者烤乳猪一样。

然而,在过去那些岁月里……

"现在每个傍晚,每个舞会都是这样!!"辽丽雅咬着嘴唇,气愤地暗想,"我知道他们为什么不理我,我知道!他们在报复!他们所以报复我,是因为我看不起他们!可是……可是我到底什么时候才能嫁出去呢?难道这样就能嫁出去?时间可是不等人,不等人

---

① 指她的年龄。

呀！你们这些坏蛋！"

在上述这天傍晚，命运总算来怜悯辽丽雅了。先是纳勃雷德洛夫中尉答应跟她一块儿跳第三场卡德里尔舞，可是后来喝得酩酊大醉，从她身旁走过，有点愚蠢地吧嗒着嘴唇，表明他完全没把她放在眼里，她就受不住了。……她的愤怒达到了顶峰。她的天蓝色眼睛蒙上一层泪水，嘴唇开始颤抖。泪水眼看就要淌下来了。……为了不让外人看到她的眼泪，她就扭转头去，对着乌黑而冒水汽的窗子。不料，喜从天降，她看见一个窗子旁边有个英俊的青年男子，眼睛盯紧她不放。那青年像是一幅动人的图画，正好打中她的心坎。他风度潇洒，眼睛里充满热爱、惊讶、疑问、回答，脸色忧郁。辽丽雅顿时振作起来。她就摆出适当的姿态，进行适当的观察。她的观察表明青年不是无意中，随随便便地看着她，而是目不转睛，如醉如痴地瞅着她。

"上帝啊！"辽丽雅暗想，"要是有个人想起把我介绍给他就好了！新来的男人就是有眼力！他一下子就注意到我了!"

不久,青年忙起来,在大厅里走来走去,开始找那些男人谈话。

"他想认识我!他要求他们介绍呢!"辽丽雅暗想,高兴得透不出气来了。

果然不差。过了十分钟光景,就有个胡子刮光、外貌吊儿郎当的业余演员,听从青年的要求,拖着两只脚懒洋洋地走过来,介绍他和辽丽雅相识。原来这青年是"我们自己人",是才气大得不得了的画家,姓诺格捷夫。诺格捷夫是个二十四岁左右的黑发青年,生着格鲁吉亚人那种热情的眼睛,留着漂亮的唇髭,脸色白净。他从没画过什么东西,然而他是画家。他蓄着长发,胡子又短又尖,怀表的链子上坠着黄金的小调色板,衬衫的袖扣也是黄金的小调色板,手套很长,一直戴到胳膊肘上,靴后跟高得叫人没法相信。这个人善良,然而蠢得像只鹅。他父亲是贵族,母亲也是贵族,祖母很有钱。他还没娶妻成家。

他怯生生地握一下辽丽雅的手,怯生生地坐下,等到坐好,就睁大眼睛盯住辽丽雅。他讲话不快,而且胆怯。辽丽雅讲得滔滔不绝,然而他光是说:"对……不……我,您要知道……"他一讲话就上气不接下气,回答的话往往文不对题,屡次慌张得搔左眼睛(搔他自己的而不是辽丽雅的眼睛)。辽丽雅心里暗暗喝彩。她断定画家已经爱上她,心里不免得意。

舞会过后,第二天,辽丽雅在她房间里的窗边坐着,得意洋洋地瞧着街上。诺格捷夫正在她窗前街道上走来走去。诺格捷夫溜达着,眼珠盯紧她的窗子。他看啊看的,仿佛马上就要死了:眼神那么忧郁,慵懒,温柔,像火一样。第三天也还是这样。第四天下雨,他没到窗外来(有人劝他说,他的身材配上雨伞就不好看)。第五天局面大变,他居然到辽丽雅父母家里登门拜访了。他们的相识就由戈尔迪之结①捆紧,拆也

---

① 据古希腊传说,弗里吉亚国王戈尔迪把车轭系在一辆二轮马车的车辕上,打了一个解不开的乱结。

拆不开了。

大约过了四个星期,又举行舞会。(请参看这篇小说的开端。)

诺格捷夫站在房门口,肩膀倚着门框,眼睛盯紧辽丽雅。辽丽雅有意要挑起他的嫉妒心,就远远地向纳勃雷德洛夫中尉卖弄风情,当时中尉喝过酒,然而没有大醉,而是略微有点酒意。

辽丽雅的父亲侧着身子走到诺格捷夫跟前。

"您一直在画吗?"父亲问,"您在搞绘画工作吧?"

"对。"

"哦。……这是好事。……求上帝保佑,求上帝保佑吧。……嗯。……可见上帝赐给您这样的才能。……是啊。……各人有各人的才能嘛。……"

她父亲沉默一会儿,继续说:

"喏,您,年轻人,要知道,如果您那个……老是画画儿,那您倒不妨这么办。春天您就下乡到我们家里来。那是个非常引人入胜的地方呢!那儿的名胜,我跟您说吧,多极了!像那样的风景连拉华尔①也没有机会画过。我们很欢迎您来。再者,我的女儿又跟您那么……要好。……嗯,嗯。……年轻人,年轻人啊!嘻嘻嘻。……"

画家鞠躬。这年五月一日,他就带着行李到阿斯洛夫斯基家的庄园上去了。他的行李有一个不用的颜料箱、一件凸纹布坎肩、一个空烟盒和两件衬衫。他受到非常热情的接待。他们拨给他两个房间、两个听差、一匹马,他想要什么就给什么,只要让他们觉得有希望就行。他尽量利用他的新地位,大吃大喝,睡得很长,欣赏风景,目不转睛地瞅着辽丽雅。辽丽雅幸福得了不得。他对她那么亲密,他那么年轻,那么漂亮,那么怯生生……那么爱她!他胆怯得很,总也不肯走到她跟前来,老是远远地站在窗帘或者灌木丛后面看她。

"胆怯的爱情啊!"辽丽雅想,叹口气。……

---

① 他把意大利名画家拉斐尔说成"拉华尔"了。

有一天早晨风和日丽,她父亲和诺格捷夫在花园里长椅上坐着谈天。父亲大谈家庭幸福的种种妙处,诺格捷夫有耐心地听着,用眼睛寻找辽丽雅的身影。

"您父亲只有您一个儿子吗?"父亲顺便问道。

"不。……我有个哥哥,叫伊凡。……他是个很好的人!可爱极了!您不认识他吗?"

"不认识。……"

"可惜您不认识他。您猜怎么着,他很会说俏皮话,欢欢喜喜,招人爱!他干文学工作。所有的编辑部都请他写稿。他在《小丑》上发表作品。可惜您不认识他。他会很高兴和您相识的。……这样办吧!您要我写信叫他到此地来吗?啊?真的!那就真有乐子了!"

父亲听到这个建议,心就像被房门夹痛了一样。可是这又毫无办法!他只得说:"欢迎欢迎!"

诺格捷夫从座位上跳起来,显得兴致很高,立刻给他哥哥写了封邀请信。

他哥哥伊凡毫不迟延,立时就来了。他不是一个人来的,还带着他的朋友纳勃雷德洛夫中尉,另外有一条硕大无比、牙齿脱落的老狗土耳卡。他带着他们一块儿来,按他的说法,是不致在路上遭到强盗打劫,喝酒也可以有人做伴。他们分到三个房间、两个仆人和供两人合用的一匹马。

"你们,诸位先生,"伊凡对主人说,"不要为我们操心!我们用不着你们操心!什么鸭绒褥子啦,酱汁啦,大钢琴啦,我们一概不要!不过呢,啤酒和白酒,要是肯慷慨供应的话,嗯……那就是另一回事了!"

倘使您能够想象一条汉子,年纪在三十岁左右,身材极为魁梧,生得肥头胖脑,身穿帆布短衫,留着稀稀拉拉的胡子,眼睛浮肿,领结歪在一边,那您就算让我省得再去描写伊凡了。他是世界上最难相处的人。

他不喝酒的时候,倒还可以勉强相处,无非是躺在床上不说话而已。他一喝了酒,就叫人受不了,犹如人光着身体碰到牛蒡①一样。他喝了酒,话就多得停不住嘴,而且脏字眼不离口,即使有女人和孩子在场也全不管。他讲跳蚤,讲臭虫,讲裤子,讲鬼才知道的事。其他比较新的话题,他是没有的。每逢伊凡在饭桌上讲起俏皮话来,辽丽雅和她的父母总是听得莫名其妙,涨红脸。

不幸,他在阿斯洛夫斯基家居住期间一次也没清醒过。身材矮小难看的纳勃雷德洛夫中尉也竭力模仿伊凡。

"我和他都不是画家!"他说,"我们怎么配做画家!我们是大老粗哟!"

伊凡和纳勃雷德洛夫住下来,嫌主人家的正房闷热,所以第一件事就是搬到厢房里去跟总管一块儿住,而总管倒是不反对陪着上流人喝酒的。他们第二件事就是脱去上衣,只穿着内衣在院子里和花园里大模大样地散步。辽丽雅屡次在花园里碰见哥哥或者中尉衣

---

① 一种带刺的野生植物。

冠不整地躺在树荫底下。哥哥和中尉又吃又喝,用牛肝喂狗,说俏皮话讥笑主人,满院子追逐厨娘,洗起澡来水声哗哗地响,像死人般地沉睡。他们感激命运无意中把他们送到这个可以尽情享福的地方来了。

"你听着!"有一次伊凡对画家说,朝辽丽雅那边挤了挤醉眼,"要是你在追她……那就让魔鬼保佑你!我们不会去碰她。你已经先开了头,那就归你所有。请便,请便!我们都是高尚的人嘛。……我们祝你成功!"

"我们不会抢你的人,不会的!"纳勃雷德洛夫肯定道,"要不然我们就太不讲义气了。"

诺格捷夫耸了耸肩膀,用贪婪的眼睛盯住辽丽雅。

人们厌烦了寂静,就希望来一场暴风雨;厌烦了规规矩矩、气度庄严地坐着,就希望闹出点乱子来。辽丽雅厌烦了胆怯的爱情,就开始生气了。胆怯的爱情无异于喂夜莺的寓言[①]。使她大为烦恼的是,画家到六

[①] 借喻"空洞的东西"。俄国有一句谚语:"寓言喂不饱夜莺。"

月却仍然像在五月那么胆怯。正房里的人已经在缝制嫁妆,她父亲夜以继日地盘算着借一笔钱来办喜事,可是他们的关系却还没有取得明确的形式。辽丽雅逼着画家成天价陪她去钓鱼。然而这也无济于事。他站在她身旁,手里举着钓竿,什么话也不说,不住打饱嗝,用眼睛盯住她,如此而已。甜蜜得要命的话却一句都没有!表白爱情的话,也一句都没有。

"你就叫我……"她父亲有一次对他说,"你就叫我……请你原谅……我用'你'称呼你了。……你知道,这是因为我喜欢你。……你就叫我爸爸好了。……我喜欢这样。"

画家就不假思索地叫他"爸爸",可是这也无济于事。他照旧不言不语,弄得人只好埋怨上帝只给人一根舌头而没给十根。伊凡和纳勃雷德洛夫不久就识破了诺格捷夫的那套招数。

"鬼才知道你是怎么回事!"他们抱怨道,"放着干草不吃,也不让人家吃!简直是畜生!一块肥肉自己送到你嘴边来了,你这蠢货就该把它吃下去才是!你不想吃,那我们就来吃!你瞧着就是!"

然而世界上一切事情都有个了结。就连这篇小说也有结局。画家和辽丽雅之间不明确的关系,也终于结束了。

这段爱情的转折点,发生在六月中旬。

那是一个安静的傍晚。空中充满清香。夜莺唱得欢快极了。树木在喁喁私语。空气里,按俄国散文作家的长舌头的说法,弥漫着恬适安乐的气息。……月亮,不消说,也升上来了。要让这种天堂般的诗意十全十美,只差费特①先生到这里来,站在灌木丛后面,高声朗诵他那些迷人的诗句了。

辽丽雅坐在长椅上,身上裹着披巾,梦幻般地隔着树木眺望远方的小河。

"莫非我就这样难于使人接近吗?"她暗自想着,

---

① 费特(1820—1892),俄国诗人,擅长写风景抒情诗和爱情抒情诗。

于是在她的想象里现出自己的面容,那么庄严,骄傲,目空一切。……她的父亲走过来,打断她的思路。

"哦,怎么样?"她父亲问,"还是老样子吗?"

"还是老样子。"

"嗯。……见鬼。……这一切究竟到什么时候才有个了结呢?要知道,好闺女,我养活这些无业游民,可是破费不小啊!一个月就是五百!不是闹着玩的!单是买牛肝喂狗,一天就要花三十戈比呢!要是他有心结婚,那就该结婚了,要是不想结婚,就该带着他哥哥和狗一齐滚蛋!他至少也总该对你说点什么吧?他对你说过吗?他表白过他的心意吗?"

"没有。他,爸爸,那么腼腆!"

"腼腆。……咱们可知道他们这种腼腆是怎么回事!他这是打马虎眼。你等一下,我马上去把他打发到这儿来。你得跟他谈出个结局来,好闺女!用不着讲什么客气。……是时候了。你就这么干,好闺女。……反正你也老大不小的了。……所有那些把戏,大概你都懂!"

父亲走了。大约过十分钟,画家胆怯地从丁香花丛里钻出来,露面了。

"是您叫我吗?"他问辽丽雅说。

"是我叫您。您走过来吧!您别老是躲着我!您坐下!"

画家轻手轻脚走到辽丽雅跟前,又轻手轻脚在长椅边沿上坐下。

"他在昏暗的暮色里显得多么好看!"辽丽雅暗自想道,然后她对他说:

"您讲点什么吧!为什么您这么不爱说话,费多尔·潘捷列伊奇?为什么您老是不言不语?为什么您从来也不在我面前吐露您的衷曲?我哪方面使得您这样不信任我呢?我都觉得难过了,真的。……人家可能认为您和我不算是朋友了。……您开口说话吧!"

画家嗽一嗽喉咙,嗓音发颤地叹口气,说:

"我有许多话要跟您说,很多啊!"

"究竟是什么话呢?"

"我担心您会生气。叶连娜①·季莫费耶芙娜,您不会生气吧?"

辽丽雅噗嗤一声笑了。

"要紧的关头到了!"她暗想,"他颤抖得多么厉害!他颤抖得多么厉害呀!你已经神魂颠倒了吧,亲爱的?"

辽丽雅自己的膝头也发抖。每个小说作者都十分喜爱的那种战栗,把她抓住了。

"再过上大约十分钟,就要开始拥抱,接吻,海誓山盟了。……啊!……"她暗自幻想着,然后为了在火上泼一瓢油,就把她那裸露的、滚热的胳膊肘碰一下画家。

"啊?到底是些什么话呢?"她问,"我不是您所想象的那种动不动就生气的人。……"她顿一顿,"您说

---

① 叶连娜是辽丽雅的正名。

呀！……"她顿一下，"快点吧！！"

"您要知道……我，叶连娜·季莫费耶芙娜，在生活里所喜爱的莫过于绘画……也就是所谓的艺术。朋友们都认为我有才能，认为将来我会成为一个不坏的画家。……"

"啊，这是一定的！毫无疑问！①"

"嗯，是啊。……就是这样。……我爱我的艺术。……那就是说……我喜爱写实画，叶连娜·季莫费耶芙娜！艺术……艺术，您知道……美妙的夜色啊！"

"是啊，这种夜色很少见！"辽丽雅说着，像蛇似的扭动，在披巾里缩起身子，半闭着眼睛。（女人在恋爱方面都是能手，非常了不起的能手！）

"我，您要知道，"诺格捷夫接着说，绞着白净的手指头，"我早就想跟您谈一谈，可是一直……不敢开

---

① 原文为法语。

口。我心想您会生气的。……不过您,要是理解我的话,就……不会生气。您也爱艺术嘛!"

"啊。……嗯,是啊!……当然!谁能不爱艺术呢?"

"叶连娜·季莫费耶芙娜!您知道我为什么到此地来?您猜得出来吗?"

辽丽雅很难为情,而且仿佛出于无意似的,把手放在他的胳膊肘上。……

"这话是不错的,"诺格捷夫沉默一下,接着说,"画家中间有些卑鄙的人。……这话是不错的。……他们根本不顾女人的羞耻心。……不过话说回来,我……我可不是那种人!我有细致的感情。女人的羞耻心是那种……那种谁也不能等闲视之的羞耻心!"

"他对我说这些干什么?"辽丽雅暗想,把胳膊肘藏在披巾里。

"我可不像那种人。……对我来说,女人是神圣的!因此您用不着害怕。……我不是那种人,我是不容许自己胡来的人。……叶连娜·季莫费耶芙娜！您肯答应吗？不过您要听明白,真的,我是诚心诚意的,因为我不是为我自己,而是为艺术！在我心里占首要地位的是艺术,而不是满足兽性的本能！"

诺格捷夫抓住她的手。她就略微往他那边凑过去。

"叶连娜·季莫费耶芙娜！我的天使！我的幸福！"

"怎……怎么样？"

"我可以向您提个请求吗？"

辽丽雅噗嗤一声笑了。她的嘴唇已经抿好,等着第一次接吻。

"我可以向您提个请求吗？我求求您！真的,这是为了艺术！您那么合我的心意,那么合我的心意啊！您恰好就是我所需要的那种人！别的女人都滚蛋吧！叶连娜·季莫费耶芙娜！我的朋友！请您就做我的……"

辽丽雅挺直身子,准备人家来拥抱她。她的心怦怦地跳。

"请您就做我的……"

画家抓住她另一只手。她就温顺地把头靠在他肩膀上。幸福的眼泪在她的睫毛上闪亮。……

"我亲爱的!请您就做我的……模特儿吧!"

辽丽雅抬起头来。

"什么?!"

"请您做我的模特儿吧!"

辽丽雅站起来。

"怎么?要我做什么?"

"做模特儿。……劳驾!"

"嗯。……光是做这个?"

"这您就使我感激不尽了!您就使我有可能画出一幅画来,而且是……什么样的画呀!"

辽丽雅脸色煞白。爱情的眼泪突然变成绝望、怨恨以及其他各种恶感的眼泪。

"原来就是……这么回事？"她说，浑身发抖。

可怜的画家！等到一记清脆的耳光声，连同它的回声，响遍昏暗的花园，他那白净的半边脸上就现出一块鲜艳的红晕。诺格捷夫搔一搔脸颊，愣住了。他张口结舌，呆若木鸡。他感到他的身子沉到整个宇宙里去了。……他眼睛里金星乱迸。……

辽丽雅索索地打抖，脸白得像死人一样，头昏脑涨，往前跨出一步，身子摇晃一下。似乎有个车轮从她身上轧过去。她勉强打起精神，迈着不稳的、病态的步子往正房走去。她的腿不住往下弯，眼睛里冒出金星，两只手伸到头发上去，分明打算揪头发。……

她走到离正房只差几俄丈远，脸色又一次变白。她路上经过一个凉亭，上面攀附着野葡萄藤，肥头胖脑的伊凡正站在凉亭旁边，喝醉了酒，蓬头散发，解开坎肩的纽扣，张开两条胳膊。他瞧着辽丽雅的脸，讥诮地冷冷一笑，然后发出他那恶魔般的"哈哈"声来污染四周的空气。他抓住辽丽雅的手。

"滚开!"辽丽雅咬着牙低声说,缩回她的手。……

这可真是一件糟糕的事啊!

有将军做客的婚礼

故　　事

退役的海军少将烈伏诺夫-卡拉乌洛夫是个矮小而仿佛生了锈①的老人,有一次从市场上出来,一只手抓住活梭鱼的腮,把鱼提回家去。他的厨娘乌里扬娜跟在他身后,胳肢窝底下夹着一包胡萝卜和一束烟叶,那是可敬的少将用来"驱除臭虫、蚜虫(即蛀虫)、蟑螂以及其他活在人的身上和住处的纤毛虫"的。

---

① 意谓"失去军人威风,显得萎靡不振"。

"舅舅！菲里普·叶尔米雷奇！"他拐弯走进他那条巷子,忽然听见有人叫他。"我刚才到您家里去过,整整敲了一个钟头的门！幸好我们总算没错过见面的机会！"

海军少将抬起眼睛来,看见面前站着他的外甥安德留沙·纽宁,一个青年人,在德良①保险公司任职。

"我有一件事来求您,"外甥继续说着,握了握舅舅的手,这就弄得他沾上一手浓重的鱼腥气,"我们就在这条长凳上坐一坐,舅舅。……这就行了。……喏,事情是这样的。……今天,我的知己朋友,一个姓留宾斯基的,要举行婚礼。……不瞒您说,他是个非常招人喜欢的人。……可是您,舅舅,把那条梭鱼放下吧！何必让它把您的大衣弄脏呢？"

"这没什么。……这条鱼惹人讨厌,也不值什么钱,不过它的鱼子却妙极了！剖开它的肚子,把里面的

---

① "德良"可意译为"卑鄙龌龊"。

鱼子掏出来,你知道,跟研碎的面包干拌在一起,加上葱,撒上点胡椒,拿过来一吃,那味道美极了!"

"他是个极好的人。……他在一家当铺里当估价员,不过您不要以为他是个可怜虫或者下等人。……如今连上流社会的太太也有在当铺里工作的。……他是有家庭的人,我可以向您保证。……有父亲,有母亲,还有其他的人……那些人挺不错,待人那么亲切,又信教。……一句话,是俄国的旧派家庭,您见了会喜欢的。……留宾斯基正要娶个孤女,双方是因为爱情才结婚的。……都是些好人!……那么您,亲爱的舅舅,能不能给这家人一点面子,今天到他们家里去参加婚礼的晚宴呢?"

"可是要知道,我……那个……不认识他们!我怎么能去呢?"

"这无所谓!反正又不是到什么男爵家去,到什么伯爵家去!他们是些普通人,不拘什么礼节。……有俄国人那种脾气:认识的也好,不认识的也好,一概欢迎！再者……我老实跟您说吧……那是个旧派家庭，有各式各样的偏见和怪想法。……甚至挺可笑。……他们巴不得有个将军参加婚礼！成千的卢布他们倒不要，只希望有个将军在他们宴席上坐着！我同意，这是无聊的好胜心，是偏见，不过……不过，让他们得到这么一点无伤大雅的快乐又何尝不可呢？况且您在那边也不会觉得乏味。……他们特意为您准备下一瓶齐姆良斯克的醇酒①和龙虾罐头呢。……还有，老实说吧，您也可以出一出风头。现在您的官阶算是白糟蹋了，就跟埋在地里一样，谁也没感到您有那种地位，可是那边的人至少会明白！真的！"

"可是我这么办，安德留沙，合身份吗？"海军少将问，呆呆地瞧着一辆出租马车，"我，你知道，要想一想。……"

"奇怪，这有什么可想的呢？您管自去就是了！

---

① 指顿河地方齐姆良斯克所产的香槟酒。

讲到合不合身份,这甚至惹得人不痛快。……倒好像我能把亲舅舅拉到不成体统的地方去似的!"

"也好。……随你的便吧。……"

"那么到晚上我坐着马车来接您。……我们到十一点钟光景再去,稍稍迟一点,为的是正好赶上晚宴……这也才像贵族的派头。……"

十一点钟,纽宁坐着马车来接舅舅。烈伏诺夫-卡拉乌洛夫穿上镶着金丝绦的制服和裤子,戴上勋章,他们就坐上马车走了。等到从饭馆里雇来的仆役给海军将官脱掉带风帽的大衣,婚礼的晚宴已经开始。新郎的母亲留宾斯卡雅太太在穿堂里迎接他,眯细眼睛瞅着他。

"是将军吗?"她说,叹口气,疑惑地瞧着脱大衣的安德留沙,点头行礼,"很高兴,大人。……可是多么不威严……多么不中看。……嗯。……一点威风也没有,连肩章也没戴。……嗯。……好吧,来了也就算了,听天由命吧,好歹有个将军就成了。……就这样好了,请,大人！谢天谢地,勋章总算不少。……"

海军少将扬起新刮过胡子的下巴,庄严地嗽一下喉咙,走进大厅里。……那边,一幅画面在他眼前展开,那情景真能把石头弄软,甚至磨成粉呢。大厅中央放着一张大桌子,上边摆满冷荤菜和酒瓶。……新郎留宾斯基坐在桌旁最显眼的地方,身上穿着礼服,手上戴着白手套。他那汗湿的脸上露出笑容。显然,使他高兴的与其说是眼前的山珍海味,不如说是他预先感到婚姻生活会带来的快乐。他身旁坐着新娘,眼睛带着泪痕,脸上现出极其纯洁的神情。海军少将立刻体会到她品德优秀。其余的座位坐满了男女客人。

"海军少将烈伏诺夫-卡拉乌洛夫！"安德留沙叫道。

客人们低下眉毛瞧着走进来的人,恭敬地擦嘴唇,站起来。

"请容许我介绍一下,大人！这是新郎艾巴米农德·萨维奇·留宾斯基和他的新娘。……这是伊凡·

伊凡内奇·亚契,电报局工作人员。……这是希腊籍侨民哈尔兰皮·斯皮利多内奇·丁巴,做糖果生意。……这是费多尔·亚科甫列维奇·纳波列奥诺夫,还有……别的人。……请坐,大人!"

海军少将身子摇晃一下,坐下,立刻把一块咸鲱鱼放在自己的碟子里。

"您刚才是怎样称呼他的?"女主人对安德留沙小声说,怀疑而又不放心地瞧着显赫的客人,"我要请的是将军,而不是这个……该怎么称呼他来着……害……海……"

"海军少将。……可是您不明白,娜斯达霞·季莫费耶芙娜。文官官阶表上的四等文官相当于少将,所以海军少将就相当于四等文官。……区别只在于部门不同,实际是一回事。……正好旗鼓相当呢。"

"是啊,是啊……"纳波列奥诺夫肯定道,"这是实话。……"

女主人放了心,这才把那瓶齐姆良斯克酒放到海军少将跟前去。

"您吃菜吧,大人!只是您要包涵一点。……您吃惯了精致的菜肴,而我们这儿却是粗茶淡饭,简慢得很!"

"是啊……"海军少将在长久的沉默以后开口说,"从前,大家都生活得简简单单,心满意足。……我是个有官阶的人,可是我也还是生活得很简朴。……"

"您早就退役了吗,大人?"

"一八六五年①退役的。……从前样样事情都简单。……不过……"

海军将官说了"不过",歇了口气,这时候他看见对面坐着一个年轻的海军学校应届毕业生。

"您那个……大概是在舰队里实习吧?"他问。

"是,大人!……"

"啊。……是了。……也许,现在一切都换了新

---

① 本文发表于1884年12月,因而是二十年前。

样子,跟我们那个时候不同了。……大家都变得皮肤白净,娇里娇气了。……不过,舰队的工作总是艰苦的。……这可比不得什么步兵,或者比方说,骑兵。……当步兵用不着费什么脑筋。在那儿,连庄稼汉都明白该怎么干,该干什么。……可是在我和您这儿,年轻人,那就不然了!那可不是闹着玩的!在我和您这儿,要动脑筋的事有的是。……每个无关紧要的字都有所谓神秘的……呃呃……难懂的意思。……举例来说:桅楼兵到桅缆去,到中帆和前桅帆去!这个命令是什么意思呢?这意思是说,那些派去系紧高帆的水兵,务必同时要站在桅楼上。要不然就得另下命令:桅楼底框兵到桅缆去!这又有另一层意思。……嘻嘻。……这就跟你的数学一样准确呢!还有,譬如,船在顺风里走……求上帝保佑我的记性才好,哦,我想起来了。……到高帆和顶帆去!这时候桅楼兵,凡是奉命解开上帆和顶帆的,就得使出全部力气从桅楼上跑到桅顶横桁和高桅顶横桁那边去,然后……求上帝保佑我的记性才好……他们分散在横桁上,拆开上面所说的那些帆,这要同时干,您明白,同一个时候!下面的人就在高帆和顶帆缭绳、张帆索和转桁索旁边停住。……"

"为极可敬的客人们的健康干杯!"新郎宣布道。

"是啊,"海军少将插嘴说,站起来,碰杯,"各式各样的命令多极了。……喏,再拿这个来说……求上帝保佑我的记性才好……拉高帆和顶帆缭绳,升起张帆索!!好。……不过,这指的是什么?这是什么意思呢?很简单!您知道,他们就拉高帆和顶帆缭绳,升起张帆索……这些事一齐做!同时他们把顶帆缭绳和升起的顶帆索拉得平齐,在这个时候根据需要,再放松这些帆的转桁索,结果,等到缭绳拉紧,张帆索都升到规定的位置,那么高帆和顶帆缭绳就绷直,横桁就顺着风向转过去。……"

"舅舅!"安德留沙小声说,"女主人要求您谈点别的。这些事客人们都不懂,而且……枯燥无味。"

"等一下。……我遇见这个年轻人,很高

兴。……年轻人！我素来喜欢年轻人，而且……现在也还是喜欢。……我满心喜欢他们！求上帝保佑吧。……我很高兴。……是啊。……喏，如果军舰迎着前侧风航行，右舷受风，而且除去主帆以外所有的帆都张着，那么该怎样下命令呢？很简单。……求上帝保佑我的记性才好。……大家都到上边去，转到顺风方向！不是这样吗？嘻嘻。……"

"够了，舅舅！"安德留沙小声说。

可是舅舅不肯罢休。他喊出一个个口令，然后用沙哑的嚷叫声对每个口令做出冗长的解释。晚宴已经快要结束，可是就因为他讲得滔滔不绝，别人始终没有机会讲长篇的祝词，发表演说。伊凡·伊凡内奇·亚契舌头上早已挂着一篇辞藻华丽的演说等着发表，这时候开始在椅子上不安地扭动身子，皱起眉头，跟邻座的客人唧唧私语。有一回，那是在甜食①已经端上来，

---

① 宴席上的最后一道菜。

海军将官喝了齐姆良斯克酒而呛得咳嗽起来的时候，他就利用这个间歇，跳起来，开口讲道：

"在今天所谓的……嗯……我们聚集在一起庆祝我们所热爱的……"

"是啊……"海军将官打断他的话说，"要知道，这些都得记住！例如……求上帝保佑我的记性才好……解开下桁索和顶索，把后支索从右边送到桅楼后部！"

"我们是些没有知识的人，大人，"女主人说，"这种事我们一点也不懂，您最好对我们讲点关于……"

"你们不懂是因为……这都是术语！当然了！可是这个年轻人懂。……对了。我在跟他回忆从前的事。……这不是很愉快吗，年轻人！漂洋过海，无忧无虑，而且……"

海军将官眼泪汪汪，用发抖的声调讲起来：

"举例来说……求上帝保佑我的记性才好……升起船头三角帆，放开转桁索，系上前桅帆和主帆前角索！"

海军将官擦擦眼睛,呜的一声哭了,继续说:

"这时候,水兵们就立刻升起船头三角帆的前角索,转动中桅的上帆以及那上面其他的东西,让它们迎着前侧风,然后把前桅帆和主帆的前角索拉到规定的位置,拉紧缭绳,抽出帆边牵索。……我哭……哭了。……我高兴啊。……"

"将军,太不像话了!"女主人气愤地说,"您这么大年纪,应该害臊才是!我们给您钱不是要您来胡闹的!"

"什么钱?"海军少将瞪大眼睛说。

"谁不知道给了您钱。……大概您从安德烈①·伊里奇手里总拿到了那张二十五卢布钞票吧!还有您,安德烈·伊里奇,也太不应该!我不是请您雇个这样的人来。……"

老人看一眼满面通红的安德留沙,看一眼女主人,

---

① 安德烈是本名,安德留沙是爱称。

心里全明白了。安德留沙对他讲过的旧派家庭的"偏见",如今在他面前露出全部丑恶的真相。……他的酒意一下子消散了。……他从桌旁站起来,踩着碎步走进前堂,穿上大衣,走出门外。……

从此以后他再也不去参加人家的婚礼了。

变本加厉

律师卡里亚金在大教堂唱诗班指挥格拉杜索夫的家里坐着,手中摆弄一张调解法官发给格拉杜索夫名下的传票,说:

"不管您怎么讲,多西费依·彼得罗维奇,您总是有错误的,先生。我尊敬您,看重您对我的好感,然而尽管如此,我不得不痛心地对您说,您做得不对。是的,先生,您做得不对。您侮辱了我的当事人杰烈维亚希金。……嗯,您为什么要侮辱他呢?"

"哪个魔鬼侮辱他了?"格拉杜索夫大发雷霆说。

他是个高身量的老人,窄额头显得严峻吓人,两道眉毛很浓,纽扣眼上挂着一枚铜质奖章。"我只不过在道德方面对他教诲一下,如此而已!对蠢货是要开导的!要是对蠢货不开导,他们就会闹得人不得安生。"

"可是,多西费依·彼得罗维奇,您对他讲的话不是教诲。按他在状子里所说的,您当众对他不客气地称呼'你'而不称呼'您',骂他蠢驴、混蛋,以及诸如此类的话……有一次甚至举起手来,似乎打算对他做出侮辱的举动。"

"如果他该挨打,那怎么能不打呢?这我不懂!"

"可是您要明白,您没有任何权利这样做!"

"我没有权利?哼,这要请您原谅。……您到别处去对别人讲这种话,别来蒙哄我,劳驾。自从主教唱诗班的指挥揪住他的脖颈,请他滚蛋以后,他就来到我这儿,在我的唱诗班里工作了十年。不瞒您说,我是他的恩人。要是他因为我从唱诗班里把他赶走而生气,那就该怨他不对。我是因为他爱夸夸其谈才把他赶走的。只有上过学校,受过教育的人才可以大发议论。如果你是蠢货,没有崇高的智慧,那你就该在墙角下乖乖地坐着,一声也不吭。……你一声也不吭,听着聪明人讲话就是,可是他这个笨蛋,偏要出头,插那么几句嘴。大家就要练习合唱或者做祷告了,他却谈什么俾斯麦和各式各样的格莱斯顿。您能相信吗,他这个混蛋居然订报纸看!就因为他谈俄土战争,我打过他多少次嘴巴,您想都没法想象!临到该唱歌了,他却偏过头去跟男高音讲话,唠唠叨叨地说什么我们的部队用炸药炸毁了土耳其的铁甲舰'留福契-德热里尔'号。……难道这叫守秩序?当然,我们的军队打胜仗是快活事,可是由此却不能得出结论说不该唱歌。……你可以做完祷告再谈嘛。一句话,他是头猪。"

"这样看来,您从前就侮辱过他!"

"从前他并不生气。他体会到我这是为他好,他心里明白!……他知道对上司和恩人顶嘴是罪过,可是等他进了警察局,做了文书,得,万事大吉,他趾高气扬,什么事也不明白了。他说,现在我不是歌手,是文官。他说,我不久就要参加考试,做十四等文官了。我就说,得了吧,你也还是个蠢货。……我说,你不如少发议论,勤着点把鼻涕擦干净的好,这比你巴望官阶强多了。我说,你命中注定的不是升官,而是受穷受苦。可是他不肯听!喏,就拿眼前这件事来说吧,他凭什么把我告到调解法官那儿去?哼,难道他不是下流的坏种?我本来在萨莫普留耶夫的饭铺里坐着,跟我们教会的长老一块儿喝茶。顾客非常之多,一个空位子也没有。……我一看,他也坐在那儿,跟他那些文书喝啤酒。他活像个花花公子,扬起脸,哇哇地大发议论……不住地摇手。……我仔细一听,他在讲霍乱。……哼,您拿他这种人有什么办法?他又夸夸其谈!我呢,您知道,一声不响,沉住了气。……随你去胡说吧,我心想,随你去胡说吧。……反正舌头又没有骨头。……忽然,糟糕,火车头拉汽笛了。……他这个下流货,动了感情,站起来,对他的朋友们说:'我们来为国家的繁荣干一杯！我，'他说，'我是祖国的儿子，我们国家的斯拉夫派！我要献出我唯一的胸膛！敌人们，你们一齐站出来！我倒想看看谁不同意我的话！'而且他一拳头砸在桌子上！这时候我再也忍不住。……我走到他跟前，客气地说：'你听着，奥西普。……要是你这头猪什么也不懂，那就不如闭上你的嘴，少发议论。受过教育的人才可以高谈阔论，可你得安分守己。……你是虫豸，是灰烬。……'我说他一句，他回我十句。……于是越吵越凶。……我，当然，是为他好，可是他就这么糊涂。……他生气了，现在就告到调解法官那儿去了。……"

"是啊，"卡里亚金叹道，"这不好。……为区区一件小事，鬼才知道闹出什么结果来了。您是个有家庭、受尊敬的人，如今却闹出什么审讯啦，闲话啦，是非啦，拘押啦。……这件事得了结一下才成，多西费依·彼得罗维奇。您只有一条路可走，杰烈维亚希金也已经同意。今天六点钟您跟我一块儿到萨莫普留耶夫的饭铺里去,凡是您侮辱他的时候在场的那些文书、演员和其他的顾客,到那时候一概在那儿聚齐,您当众对他赔礼。那他就把他的状子撤销。明白了吧?我想您会同意的,多西费依·彼得罗维奇。……我是把您当作朋友才跟您讲这些话。……您侮辱了杰烈维亚希金,弄得他丢了脸,不过要紧的是您怀疑他那种值得赞扬的感情,甚至……亵渎了那种感情。在我们这个时代,您要知道,这样做是不行的。应当慎重点。人家给您的话加上那么一种色彩,该怎么跟您说好呢,总之那种色彩在我们这个时代是不对头的。……现在差一刻就到六点钟。……您愿意跟我一块儿走一趟吗?"

格拉杜索夫摇头,可是卡里亚金把人家给他的话所加的"色彩"露骨地描绘一番,指出那种话可能引起什么后果,格拉杜索夫才胆怯起来,同意了。

"您,请注意,要照规矩认真赔礼才成,"律师在去饭铺的路上开导他说,"您走到他跟前去,用'您'称呼他。……要说'请您原谅……我收回我原先说的话',

等等。"

格拉杜索夫和卡里亚金来到饭铺里,发现那儿已经聚着一大群人。坐在那儿的有商人,有演员,有文官,有警察局的文书,总之每到傍晚照例在饭铺里聚在一起喝茶和喝啤酒的那一大帮"废物",都来了。杰烈维亚希金本人也在文书们中间坐着,他年纪很难确定,刮了胡子,大眼睛一眨也不眨,鼻子像是给压扁了,头发硬得很,您一看见,就不由得生出一种愿望,想用它来刷一刷您的皮靴。……他那张脸得天独厚,因为您只要看它一眼,就什么都能看出来:他爱喝酒,他唱歌用男低音,他愚蠢,然而还没有愚蠢到不认为自己是聪明人。他看见指挥走进来,就略微欠起身子,像猫似的动了动唇髭。聚在这儿的那群人,分明事先已经得到通知,说这儿会有公开的悔过表示,就都竖起耳朵。

"喏……格拉杜索夫先生同意了!"卡里亚金走进来说。

指挥同少数几个人打过招呼,大声地擤鼻子,涨红脸,走到杰烈维亚希金跟前。

"请原谅……"指挥喃喃地说,眼睛没看着他,把手绢放回衣袋里,"我当着众人的面收回我原先所说的话。"

"我原谅您了!"杰烈维亚希金用男低音说,得意地看一下所有在座的人,坐下去,"我满意了!律师先生,我请求您停办我的案子!"

"我是来赔礼的,"格拉杜索夫继续说,"请原谅。……我不喜欢人家不满意。……你要我对你称呼'您',那也行,我照办就是。……你要我把你看成聪明人,那也行。……我不在乎。……我,老弟,是不记仇的。……叫魔鬼保佑你好了①。……"

"这可不行!您是来赔礼,不是来骂人的!"

"还要我怎么赔礼?我这不是在赔礼吗!刚才我没用'您'相称,那是因为我记性不好。可是总不能要

---

① 意谓"滚你的吧"。

我跪下来吧。……我赔了礼。我甚至感激上帝,因为你总算还有点头脑,知道应当停止这场诉讼。我可没有工夫到法院里去闲逛荡。……我一辈子也没打过官司,将来也不会打,而且我劝你也不要打官司……那就是说我劝您也不必如此。……"

"当然!您愿意为圣斯特法诺和约①干一杯吗?"

"干一杯也可以。……不过你,奥西普老弟,是一头猪。……这不是我在骂人,而是……打个比方说说的。……你是头猪,老弟!你记得当初你从主教唱诗班里给人揪住脖颈撵出来后,怎样跪在我脚跟前吗?啊?你竟敢告你的恩人一状?你这个丑八怪,丑八怪!你就不害臊?诸位顾客先生,他就不害臊吗?"

"不行!这又成了骂街!"

"这怎么会是骂街呢?我只是跟你说话,教训你一下罢了。……我们讲和了,我这是最后一次跟你说

---

① 1877—1878年的俄土战争后,两国在圣斯特法诺(伊斯坦布尔附近)缔结了和约。在此借喻"和解"。

话,我压根儿就不想骂人。……既然你把你的恩人告了一状,那我还能跟你这个妖精打交道呀!你给我见鬼去吧!我连话都不想跟你说!要是我刚才无意中说你是猪,那也因为你本来就是猪。……你的恩人养活你十年,教会你认乐谱,你非但不永生永世为他祷告上帝,反而荒唐地告他一状,还打发各式各样的鬼律师到我家里来。"

"请容许我说一句,多西费依·彼得罗维奇,"卡里亚金生气了,"到您家里去的不是鬼,是我!……说话要慎重点,我请求您!"

"可是难道我说的是您吗?您哪怕每天到我家里来都成,我欢迎。只是我觉得奇怪,您上过学校,受过教育,可是您怎么会不把这只火鸡教训一顿,反而给他撑腰。是啊,换了我是您,我就会把他送进监牢,叫他死在那儿!再者,您生什么气呢?我不是赔过礼了吗?您还要我怎么样?我不懂!诸位顾客先生,请你们作证,我已经赔过礼了,我不打算给一个蠢货再赔一次礼!"

"您才是蠢货!"奥西普嗓音沙哑地说,气得直捶胸脯。

"我是蠢货?我?你居然对我说这话?……"

格拉杜索夫脸涨得通红,浑身发抖。……

"你敢说这种话?给你一下子!……现在给你这混蛋一个嘴巴还不够,我还要把你告到调解法官那儿去!我要叫你明白侮辱人有什么下场!诸位先生,请你们作证!派出所所长先生,您干吗站在那儿看着?我受人侮辱,您却看着?您领了薪饷,临到该您维持秩序了,却撒手不管?啊?您以为就不能把您告到法院去?"

派出所所长走到格拉杜索夫跟前,于是一场纠纷开始了。

一个星期后,格拉杜索夫在调解法官面前站着受审,因为他侮辱了杰烈维亚希金、律师和正在执行公务的警察分局长。起初他不明白他是原告还是被告,可

是后来调解法官"合并"判处他两个月监禁,他才苦笑一下,发牢骚说:

"哼。……我受了侮辱,却反而要坐牢。……这才是怪事。……调解法官先生,您得按法律审案,不能自作主张。您那去世的母亲瓦尔瓦拉·谢尔盖耶芙娜,求上帝让她升天堂吧,见到奥西普这样的人,就会吩咐人用鞭子抽一顿,可是您倒纵容他。……这会闹出什么结果来?他们这些恶棍,您认为没罪,别人也认为没罪。……那还有什么地方可以去申冤?"

"不服判决,可以在两星期内提出上诉。……请您不必再多说!您可以走了!"

"当然了。……要知道,如今单靠薪金是没法生活的,"格拉杜索夫说,意味深长地挤一挤眼睛,"要想吃饱肚子,就不得不把无辜的人送去坐牢哟。……事情就是这样。……这是不能怪的。……"

"什么?!"

"没什么。……我这是随便说说的……我讲的是哈片—齐—盖维旬①。……您以为您戴着金表链,就没处告您去了?不用担心。……我会把黑幕揭穿的!"

"侮辱法官案"就此成立。然而大教堂的大司祭出面调停,这个案子才好歹私下里了结了。

格拉杜索夫把他的案子送到调解法官会审法庭去上诉,相信会审法庭不但会宣告他无罪,甚至会把奥西普关进监狱里。直到开庭审讯,他还是这样想。他站在法官们面前,态度温和,发言慎重,不说一句多余的话。只有一次,那是在审判长叫他坐下的时候,他才生气了,说:

"难道法律上写着要指挥跟他手下的歌手坐在一起吗?"

等到会审法庭批准调解法庭的原判,他就眯细眼睛。……

---

① 这是一句读音不准的德国话:Haben Sie Gewissen,意思是"您要有良心"。

"怎么？什么？"他问，"请问，这应该怎么理解？您这是什么意思？"

"会审法庭已经核准调解法庭的原判。如果您不满意，可以向枢密院提出上诉。"

"好吧。多承您，大人，迅速而公正地审案，我感激不尽。当然，单靠薪金是没法生活的，这我很明白，不过，对不起，不被人收买的法官我们也还是会找到的。"

至于格拉杜索夫在会审法庭上另外还说了些什么，我不想写了。……目前他正为"侮辱会审法庭案"受审，他的熟人极力对他说明他有罪，他却不肯听。……他深信他没有罪。他相信他揭发了舞弊行为，人家早晚会向他道谢的。

"你拿这个蠢货毫无办法！"大教堂的大司祭说，绝望地摇手，"他不明白啊！"

在圣诞节前夜

一个年轻的女人在海岸上站着,眺望远方,她年纪在二十三岁左右,脸色白得吓人。她的小脚上穿着丝绒短靴,身边有一道年久失修的窄梯直通下面海边,梯旁只有一道摇动得很厉害的栏杆。

女人眺望广漠无垠的远方,那边充满深不可测的黑暗,伸手不见五指。不论是繁星也罢,为白雪覆盖的大海也罢,灯火也罢,一概看不见。天上下着滂沱大雨。……

"那边怎么样了?"女人暗自想道,凝神看着远方,在风吹雨打中把身上淋湿的短皮袄和披巾裹裹紧。

那边一个什么地方,在这伸手不见五指的黑暗里,在五俄里或者十俄里以外,甚至比这更远的地方,她的丈夫,地主李特文诺夫,这时候一定带着他那伙捕鱼的人在活动。如果最近这两天海上的暴风雪没把李特文诺夫和他的渔民埋在雪里,那他们目前就在急于赶回岸边来。大海在膨胀,据说不久就要开始把冰面胀裂。冰面受不住这场风。可是,他们那些渔民雪橇又笨又重,装着难看的挡泥板,在脸色苍白的女人听见醒来的海洋发出怒吼声以前,能赶回岸上来吗?

女人一心想到坡底下去。栏杆在她手底下摇动,又湿又黏,像泥鳅似的从她手里滑掉。她就在阶梯上蹲下去,手脚并用地开始下坡,两只手抓紧冰凉泥泞的台阶。风刮过来,吹开她的皮衣。她胸部感到潮湿了。

"神圣的奇迹创造者尼古拉呀,这道阶梯像是没有尽头似的!"年轻的女人摸着一层层台阶,小声说。

这道阶梯一共有整整九十级。它不是弯曲地通到坡下,而是笔直地通下去,坡度很大。大风吹得它摇摇晃晃,它像木板那样嘎吱地响,随时都会碎裂。

过了十分钟,女人已经来到坡下,站在海边上。这儿,坡下,也是一片漆黑。这儿的风比上边刮得更猛。大雨倾盆,似乎永远也下不完了。

"是谁在走?"一个男人的声音响起来。

"是我,丹尼斯。……"

丹尼斯是个高大结实的老人,留着一大把白胡子,站在岸上,拄着一根大手杖,也在眺望伸手不见五指的远方。他站在那儿,在衣服上找一块干地方,好擦亮火柴,点上烟斗。

"娜达丽雅·谢尔盖耶芙娜太太,是您吗?"他用困惑的声调问,"您在这么坏的天气出来?! 您到这儿来干什么? 凭您这种体质,又刚刚生过孩子,着凉是最危险的事。您回家去吧,小母亲!"

这时候响起一个老太婆的哭泣声。这是渔民叶甫塞的母亲在哭,叶甫塞同李特文诺夫一起出外捕鱼去了。丹尼斯叹口气,摇一下手。

"老太婆,"他对着面前的广大空间说,"你在这个世界上活了七十年,却像个小娃娃,啥也不懂。要知道,傻娘们儿,一切都是上帝的旨意!你又老又弱,本该在灶台上躺着,不该坐在湿地里!你走吧,求上帝保佑你!"

"可是要知道,我的叶甫塞,叶甫塞!我只有他一个亲人啊,丹尼斯!"

"这得看上帝的旨意!比方说,要是他没注定死在海里,那么哪怕海面裂开一百次,也还是会活着。可要是他注定这回非死不可,我的老大娘,那却由不得我们做主。你不要哭,老大娘!不光是叶甫塞一个人在海上!东家安德烈·彼得罗维奇也在那儿。那儿还有费德卡、库兹玛、达拉森科夫家的阿辽希卡。"

"他们都活着吗,丹尼斯?"娜达丽雅·谢尔盖耶芙娜用颤抖的声音问。

"谁知道呢,太太!要是昨天和前天暴风雪没把他们埋掉,那他们就还活着。如果海面的冰没裂开,他们就会平安无事地活着。你瞧瞧,好大的风!刮得多猛啊,求上帝跟它同在!"

"有人在冰上走动!"年轻的女人突然用不自然的沙哑声调说。她仿佛吓一跳,退后一步。

丹尼斯眯细眼睛,仔细倾听。

"不对,太太,谁也没来,"他说,"这是傻子彼得鲁沙坐在小船上划桨。彼得鲁沙!"丹尼斯叫道,"你是坐在船上吧?"

"我是坐在船上,老大爷!"一个衰弱有病的说话声响起来。

"你痛吗?"

"痛,老大爷!痛得我力气都没有了!"

岸上,紧靠着冰面,放着一条小船。船上坐着个高身量的小伙子,长胳膊长腿,很不像样。他就是傻子彼得鲁沙。他咬紧牙关,浑身发抖,眺望着黑暗的远方,也极力想看清什么东西。他也在等海上的什么东西。

他那两只长手抓住船桨,左腿压在身子底下。

"我们的傻子有病!"丹尼斯走到木船那儿去,说,"他一条腿痛,可怜的人。小伙子痛得脑筋都坏了。你,彼得鲁沙,该到暖和的地方去!你在这儿更要着凉了。……"

彼得鲁沙没说话。他痛得发抖,皱起眉头。他左边大腿的内侧,恰好在神经感觉敏锐的地方,痛个不停。

"你走吧,彼得鲁沙!"丹尼斯用温和的父辈口吻说,"你躺到灶台上去,求上帝保佑,到晨祷的时候你那条腿就松动了!"

"我觉出来了!"彼得鲁沙张开嘴,嘟哝说。

"你觉出什么来了,傻子?"

"冰裂了。"

"你怎么觉出来的?"

"我听见那种响声了。一种响声是风声,一种响声是水声。风也变得不一样,柔和多了。离这儿十俄里以外,冰裂开了。"

老人侧耳倾听。他听了很久,然而在一片混杂的闹声中,除了风吼声和平稳的雨声以外,他什么也没听见。

在期待和沉默中过了十分钟。风在逞威。它刮得越来越凶,仿佛已经下定决心,无论如何也要把冰吹裂,夺走老太婆的儿子叶甫塞,夺走脸色苍白的女人的丈夫似的。这时候雨倒越来越小。不久,雨点就稀了,因而在黑地里可以看清人的身影、小船的轮廓和洁白的雪。在风的吼声中,可以听见当当的钟声。这是上边小渔村里古老的钟楼上在敲钟。人们在海上遭到暴风雪的袭击,后来又遇上大雨,如今一定会朝着钟声这边赶来,无异于将要淹死的人抓住了一根小草。

"老大爷,水声已经近了。听见了吗?"

老爷爷仔细倾听。这一次他听见一种响声,不像是风的吼声,也不像是树木的飒飒声。傻子说得对。事情已经无可怀疑:李特文诺夫和他那些渔民不会回到陆地上来庆祝圣诞节了。

"完了!"丹尼斯说,"冰裂了!"

老太婆尖叫一声,一屁股坐在地上。太太淋得湿透,冷得发抖,走到木船跟前来,开始倾听。她也听见那种凶险的嘈杂声了。

"也许这是风吧!"她说,"你,丹尼斯,相信这是冰在胀裂吗?"

"这是上帝的旨意啊!……都因为我们罪孽太重了,太太。……"

丹尼斯叹口气,用温柔的声音补充说:

"您上坡去吧,太太!您已经淋得浑身湿透了。"

站在岸边的人听见一种轻微的笑声,笑得天真而幸福。……脸色苍白的女人笑了。丹尼斯嗽嗽喉咙。每逢他想哭,总要嗽一下喉咙。

"她神志有点失常!"他对一个农民的黑身影小声说。

空中明亮一点。月亮出来了。现在一切东西,海洋以及海面上半融化的雪堆也好,那个太太也好,丹尼斯也好,痛得难熬而皱着眉头的傻子彼得鲁沙也好,一概可以看清楚了。旁边站着几个农民,手里都拿着绳子,不知是干什么用的。

离岸不远,第一个清脆的碎裂声响起来。不久就传来第二声、第三声,随后,吓人的爆裂声在空中震荡不已。一望无际的、白茫茫的广大海面开始摇动,颜色发黑。这个庞然大物醒过来,它那风暴般的生活开始了。

风的呼啸声、树木的飒飒声、彼得鲁沙的哀叫声、钟声,一齐让海洋的怒吼声压住,听不见了。

"大家得上坡去!"丹尼斯叫道,"马上海水就要漫上岸,把浮冰也带上来。再说,晨祷也马上就要开始,乡亲们! 您走吧,太太,小母亲! 这是上帝要这样安排呀!"

丹尼斯走到娜达丽雅·谢尔盖耶芙娜跟前,小心地搀住她的胳膊肘。……

"走吧,小母亲!"他温柔地说,声调里充满怜悯。

太太推开丹尼斯的手,精神抖擞地扬起她的头,往阶梯那边走过去。她的脸色已经不那么死灰似的苍白,两颊泛起健康的红晕,倒好像她的身体里注入了新的血液似的。她的眼睛已经不那么泪汪汪,一双手按住胸前的披巾,也不像先前那么发抖。……她现在觉得,不用外人搀扶,自己就能爬上高高的阶梯。……

她刚走完第三层台阶,就停住脚,像是在地里生了根。原来她面前站着个男人,身材高而匀称,身上穿着短皮袄,脚上蹬着大皮靴。……

"是我,娜达霞①。……不要害怕!"男人说。

娜达丽雅·谢尔盖耶芙娜身子一晃。她看着小羔皮的高帽子,看着两撇黑唇髭,看着黑眼睛,认出他就是她的丈夫,地主李特文诺夫。丈夫伸出双手把她举起来,吻她的脸,同时用雪利酒和白兰地的气味笼罩着

---

① 娜达丽雅的爱称。

她。他微微有点醉意。

"你高兴吧,娜达霞!"他说,"我没让雪埋住,也没淹死。起暴风雪的时候,我带着我那伙人费力地赶到塔甘罗格①,喏,现在从那边来到你这儿……我回来了。……"

他喃喃地说着,可是她又脸色苍白,浑身发抖,用困惑而害怕的眼睛瞧着他。她不相信。……

"你淋得多么湿,抖得多么厉害呀!"他把她搂在怀里,小声说。……

他的脸本来就由于幸福和喝了酒而显出陶醉的样子,这时候更洋溢着柔和的、又天真又善良的笑容。……天气这样冷,又是这样的深夜,她却在等他!这不就是爱情吗?他幸福得笑起来。……

回答这种轻微的幸福笑声的,却是一声尖利刺耳和撕裂人心的大叫。海的咆哮声也罢,风声也罢,什么

---

① 俄罗斯罗斯托夫州的城市和港口,契诃夫就是在这个城市里诞生的。

也压不过那声尖叫。年轻的女人由于绝望而脸色大变,已经没有力量按捺住那声尖叫,它就脱口而出了。在这声尖叫里可以听见一切:既可以听出当初她被迫无奈而出嫁,又可以听出她无法克制对丈夫的冷淡,还可以听出她怀念独身生活,最后还可以听出她本来希望自由地守寡,如今这希望却破灭了。她的全部生活以及她的悲伤、眼泪和痛苦,汇合成为这声尖叫,连冰块的爆裂声也盖不过去。她的丈夫了解这声尖叫,而且也不可能不了解。……

"你伤心了,因为我没让雪埋掉,也没给冰块砸死!"他喃喃地说。

他的下嘴唇开始颤抖,满脸是苦笑。他从台阶上走下去,把妻子放在地上。

"那就照你的心意办!"他说。

他从妻子面前转过身,往木船那边走去。那边,傻子彼得鲁沙咬紧牙关,浑身发抖,用一条腿跳着,把木船拉到海水里去。

"你到哪儿去?"李特文诺夫问他说。

"我痛啊,老爷!我想把自己淹死。……人死掉就不觉得痛了。……"

李特文诺夫跳上木船。傻子跟着他爬上船去。

"再见,娜达霞!"地主叫道,"那就照你的心意办!你不顾天冷站在这儿盼望着的那件事,你就要等到手了!求上帝与你同在!"

傻子划桨,木船撞着一大块冰,然后迎着高浪游过去。

"快划桨,彼得鲁沙,快划!"李特文诺夫说,"往前划,往前!"

李特文诺夫扶着船边,身体不住摇晃,回过头去看。他的娜达霞不见了,烟斗里的火光不见了,最后海岸也不见了。……

"你回来!"他听见女人声嘶力竭地喊道。

在"你回来"这句话里,他觉得有焦急绝望的音调。

"你回来!"

李特文诺夫的心怦怦地跳起来。……妻子在叫他。而且岸上教堂里也在敲钟,召人去做圣诞节的晨祷。

"你回来!"女人的嗓音带着祈求的声调又说一遍。

回声接应这句话。冰块咔咔地响出这句话,大风呼啸这句话,就连圣诞节的钟声也在说:"你回来!"

"我们回去吧!"李特文诺夫拉一拉傻子的衣袖说。

可是傻子没听见。他痛得咬紧牙关,带着希望眺望远方,两条长胳膊不住地活动。……谁也没对他喊一声"你回来",可是他从小就有的那种神经痛,却越来越厉害,越来越难熬。……李特文诺夫抓住他的手,往回拉。可是傻子的手硬得像石头一样,要叫那双手丢开船桨却不容易。再者时机也迟了。一块庞大的浮冰迎着木船冲过来。这块浮冰准会使彼得鲁沙永远摆脱他的痛苦。……

面色苍白的女人站在海岸上一直等到天明。最后,她冻得半死,给精神上的痛苦折磨得筋疲力尽,由人抬回家去,放在床上,可是她的嘴唇仍然继续小声说道:"你回来!"

在这个圣诞节的前夜她爱上了她的丈夫。……

识别上方二维码
免费收听契诃夫小说精彩片段